dtv
premium

Ausführliche Informationen über
unsere Autoren und Bücher
finden Sie auf unserer Website
www.dtv.de

René Laporte

Hôtel Solitude

Aus dem Französischen
von Gabriela Zehnder

Deutscher Taschenbuch Verlag

›Hôtel de la solitude‹ erschien in Frankreich
zum ersten Mal 1944 bei Éditions littéraires
de Monaco/René Juillard (Paris).

Die Übersetzerin dankt Pro Helvetia, Schweizer Kulturstiftung,
für die Unterstützung ihrer Arbeit.

MIX
Papier aus verantwortungsvollen Quellen
FSC® C013736
FSC www.fsc.org

2014
Deutsche Erstausgabe
Deutscher Taschenbuch Verlag GmbH & Co. KG, München

Titel der französischen Originalausgabe:
›Hôtel de la solitude‹
Für die deutschsprachige Ausgabe:

Umschlagkonzept: Balk & Brumshagen
Umschlaggestaltung: Wildes Blut, Atelier für Gestaltung, Stephanie Weischer
unter Verwendung eines Fotos von
Arcangel Images/Wessel Wessels
Gesetzt aus der Arno Pro
Satz: Gaby Michel, Hamburg
Druck und Bindung: Kösel, Krugzell
Gedruckt auf säurefreiem, chlorfrei gebleichtem Papier
Printed in Germany · ISBN 978-3-423-26003-9

Für Susanne Chatelard
die eines Tages die
Schatten
aus diesem Hotel
vertreiben wird …

Vorwort

René Laporte war kaum achtundvierzig Jahre alt, als er am 1. März 1954 bei einem Unfall ums Leben kam; nachdem er von einem Auto angefahren wurde, starb er noch in der gleichen Nacht im Krankenhaus Boucicaut in Paris an den Folgen einer Schädelverletzung. Der Held des zwanzig Jahre vorher erschienenen Romans *La Part du feu* spottete: »Man stirbt früh in unserer Familie, wie es scheint. In den Fünfzigern, mitten im Leben.« Der Romancier konnte nicht wissen, wie richtig er damit lag. Zwei Monate vor seinem Tod erschien eine Sammlung von ausgewählten Gedichten, *Poésie choisie,* und zwei Monate danach posthum ein letzter Roman, *La Tête haute,* der fünfte Band eines unvollendet gebliebenen Romanzyklus. Bei Kriegsende hatte Laporte beschlossen, sich ganz der Schriftstellerei zu widmen. Mit zahlreichen Projekten und seinem ausgereiften Stil gehörte er mit Jean-Louis Curtis, Jean-Jacques Gautier und Maurice Druon zu den wichtigsten Autoren des Verlags Julliard, bei dem nach 1943 alle seine Romane publiziert wurden; René Julliard, ein enger Freund von Laporte, erzielte übrigens mit dem drei Tage nach Laportes Tod erschienenen ersten Roman von Françoise Sagan, *Bonjour tristesse*, einen riesigen Erfolg.

Zu René Laportes Lebzeiten schenkte man seinem Werk nicht die Aufmerksamkeit, die ihm gebührte. Pierre Berger (der dabei wohl an *Poésie choisie* dachte) schrieb kurz nach dem Tod des Schriftstellers in der Zeitschrift *Carrefour*: »René Laporte ist in dem Moment gestorben, da er vielleicht nicht länger ein Unbekannter gewesen wäre. Eine Meldung in den vermischten Nachrichten ... und der Ruhm ist da. Man empfindet einige Bitterkeit beim Gedanken, dass diese Meldung in den Lokalnachrichten nötig war, um einem echten Poeten zu geben, was er seit Langem verdiente.« Ruhm? Das Wort ist auf lächerliche Weise übertrieben, auch wenn zwei Jahre später, 1956, einige Freunde (Jean Cassou, Paul Gilson, Philippe Soupault, Georges Neveux, André Beucler, Claude Roy, Georges Ribemont-Dessaignes, Claude-André Puget und René Bertelé), vom Wunsch beseelt, das Andenken des Schriftstellers wachzuhalten, den Prix René-Laporte gründeten, einen Poesiepreis, der von 1957 bis 1964 vergeben wurde. In Wirklichkeit erhielt man den Dichter Laporte in diesen Jahren künstlich am Leben. Was den Romancier Laporte betrifft, der nie mehr neu aufgelegt wurde, so ruht er seit bald sechzig Jahren im Massengrab derjenigen, die durch die Maschen der literarischen Geschichte gefallen sind.

René Laporte, am 27. September 1905 in Toulouse geboren, stammt aus einer bürgerlichen Familie von hohen Beamten und Akademikern. Er schreibt sich an der juristischen Fakultät ein, doch verläuft sein Studium seinen eigenen Aussagen zufolge eher mittelmäßig. 1931 heiratet er die Tochter eines reichen Industriellen und verlässt Toulouse, um sich in Paris, 40 bis, rue Boissière, niederzulassen.

Statt in die Fußstapfen der Familie zu treten, wendet sich Laporte sehr früh der Literatur zu. Im Mai 1924 gründet der Achtzehnjährige *Les Cahiers libres,* eine zweimonatlich erscheinende »künstlerische und literarische« Zeitschrift mit Sitz im Haus der Familie, 18, rue Lafayette, in Toulouse. Ein Jahr später hat die Zeitschrift auch eine Niederlassung in Paris, in der Avenue de Malakoff. Laporte veröffentlicht darin Gedichte und Buchbesprechungen, und sein Name steht fast in jeder Nummer. 1925 gründet er den Verlag *Les Éditions des Cahiers libres,* in dem er seine eigenen Gedichtsammlungen veröffentlicht. Als großer Verehrer von Apollinaire und der Surrealisten publiziert er Breton, Soupault, Éluard und Tzara und bringt die Nummern 5 und 6 der Zeitschrift *Le Surréalisme au service de la révolution* heraus. Auch Texte von Morand, Duhamel und Giono erscheinen bei ihm, und er veröffentlicht sowohl Essays als auch Gedichte. 1934 ist Laporte aufgrund finanzieller Probleme gezwungen, seinen Verlag aufzugeben. Robert Denoël, der zukünftige Verleger seiner Romane *La Part du feu* und *Les Chasses de novembre,* kauft einen Teil des Bestands von *Les Éditions des Cahiers libres* auf.

1927 veröffentlicht Laporte bei Grasset einen ersten Roman, *Le Dîner chez Olga,* eine bemerkenswerte poetische Erzählung, die vom Surrealismus, von der dichterischen Sensibilität Cocteaus und von Giraudoux' Sprachspielen geprägt ist. Es folgen *Le Guérisseur* (Grasset, 1928) und vor allem *Joyce* (Calmann-Lévy, 1930) und *La Part du feu* (Denoël et Steele, 1935), zwei Romane von entwaffnender Originalität, in denen die Themen des Traums und der Lüge, der Hellsichtigkeit und der Reinheit, die Laportes ganzes Werk charakterisieren, klar in den Vordergrund treten. *Les Chasses de novembre* (Denoël et Steele), formal ehrgeiziger, jedoch weniger kühn als die vorangehenden Romane, wird 1936 mit dem *Prix Interallié* ausgezeichnet.

In dieser Zeit ist Laporte auch Redaktionsassistent bei der *Revue de Paris* (1934–1936) und betreut eine Theaterrubrik in der Wochenzeitschrift *Le Monde illustré et littéraire* sowie eine Filmrubrik in *Arts et médecine*. Gleichzeitig veröffentlicht er Texte in verschiedenen Lyrikzeitschriften, etwa in *Les Cahiers du Sud* (Marseille) oder in *Orbes* (Au Sans Pareil, Paris).

Parallel zu seiner literarischen Tätigkeit ist Laporte in politischen Kreisen aktiv. 1933 übernimmt er einen Posten beim Pressedienst des Innenministeriums, 1936 wird er befördert und wechselt nach Tunis. Dort ist er bis zu seiner Amtsenthebung durch das Vichy-Regime Chef der Pressestelle in der Generalresidenz von Tunesien, wo er bei der tunesischen Regierung die Propaganda betreut. Diese Jahre sind entscheidend für die Entwicklung von Laportes Denken. Der Einmarsch der deutschen Truppen im Rheinland im März 1936 ist für ihn ein schwarzer Tag. Von nun an weiß er, dass die Literatur nicht mehr »unschuldig« sein kann, was dazu führt, dass er die Haltung der Surrealisten zugunsten einer engagierten oder auf die historischen Umstände bezogenen Lyrik aufgibt, wie die Veröffentlichung des Büchleins *La Journée du 8 mars* zeigt, das »eines der reinsten revolutionären Gedichte unserer Zeit bleiben wird«, wie René Bertelé, dem das Buch gewidmet ist, schreibt. Für den Erzähler von *Le Cheval volant*, einem Roman, der 1941 geschrieben wurde, birgt dieser Tag den Moment, in dem er erwachsen wird: »Von jenem Morgen stammt mein Ernst, meine Geburt als Mensch der Zeit. An jenem Morgen habe ich meine Unschuld verloren – einem so bedrückenden Morgen, dass sich auf den Wolken das Aufblitzen meiner inneren Verzweiflung wie Leuchtspurgeschosse abzuzeichnen schien. Die nachfolgenden Ereignisse – der Einmarsch in Wien und das Schweigen der melodischsten Stadt der Welt, die Angst vor München, der Krieg, das Debakel und jene schreckliche Stunde, als ich sah, wie unsere Eliten die Brücken von Bordeaux verstopften – haben mich mit größter Heftigkeit getroffen. *Doch ich habe sie erwartet.* An jenem Morgen im März 1936 erhielt ich die Warnung.« *Le Cheval volant* (Julliard, 1943), ein höchst bedeutsames Dokument der literarischen Entwicklung in der Zwischenkriegszeit, nimmt das Leben eines modernistischen, egozentrischen Dichters und launenhaften Menschen, der Skandale liebt, zum Vorwand, um die moralische, ästhetische und politische Bilanz einer Generation zu ziehen.

1939 wird Laporte von Jean Giraudoux ans »Commissariat de l'information« berufen. Giraudoux ist für ihn nicht nur ein Freund und politischer Gesprächspartner, sondern auch ein bewunderter Schriftsteller, dem seine ersten Romane viel zu verdanken haben. Nach Girodoux' Tod im Jahr 1944 beteiligt er sich an der Hommage, die die Zeitschrift *Confluence* dem Schriftsteller darbringt, und in seinem Vorwort zur Ausgabe von *Suzanne et le Pacifique* des Französischen Buchclubs von 1948 schreibt er, man entdecke bei Giraudoux »eine Romankunst und eine Fülle von Beobachtungen, die daneben eine ganze Bibliothek langweilig erscheinen lassen«.

Nach der Kriegserklärung wird Laporte als Sekretär des Führungsstabs dem Innendienst zugeteilt; im Juli 1940 wird er aus dem Kriegsdienst entlassen. Während der Besatzung findet er Zuflucht in seinem Haus an der Place du Barri 3 in Antibes, wo er mit seiner Frau Renée während vier Jahren Freunde und Widerstandskämpfer aufnimmt: Breton, Aragon und Elsa Triolet, Éluard, Ponge, Beucler, Audiberti, Roger Martin du Gard, Claude-André Puget, Jean Eiffel, Norbert Glanzberg und viele andere. »Sein Haus in Antibes war ein Treffpunkt für Verschwörer geworden, ein Rendezvous aller patriotischen Intellektuellen und auch ein Zufluchtsort für Verfolgte und Illegale«, schreibt der Dichter Claude Roy in *Les Lettres françaises* kurz nach Laportes Tod. Jacques Prévert würdigt Laportes ergebene Großzügigkeit in einem Gedicht mit dem Titel *La Visite au château,* in dem er die Erinnerung an Laporte und das Bild des »guten Königs René« miteinander verbindet:

Vous prenez le Métroantipolitain
à la Porte du Port
ou bien au Fort-carré
Vous changez rue de Sade
au Rond-Point du Marquis
et descendez place du Barri
Là
toujours la porte est ouverte

aux amis du roi en allé
Et comme chez lui
dans leur mémoire
il les accueille affable et gai
Comme autrefois sur les remparts
brille le soleil de l'amitié
Il n'y a pas d'oubliettes
Au château du Roi René

(Sie nehmen die Métroantipolitain
an der Porte du Port
oder beim Fort-carré
Sie steigen in der Rue de Sade
am Rond-Point du Marquis um
und an der Place du Barri aus
Hier
steht die Tür[1] *immer offen*
für die Freunde des verstorbenen Königs
Und so, wie er sie
in ihrer Erinnerung
freundlich und fröhlich empfängt
Scheint auf die Schutzmauern
wie einst die Sonne der Freundschaft
Es gibt kein Vergessen
im Schloss des Königs René)

1 Wortspiel mit Laporte, la porte, »die Tür«

In diesen Jahren leitet Laporte mit Léon Pierre-Quint den Verlag *Le Sagittaire,* der in Marseille bei der Zeitschrift *Les Cahiers du Sud* Räume gemietet hat. Pierre-Quint hatte 1924 im *Sagittaire* das *Manifeste du surrealisme* und 1928 im Verlag *Les Éditions des Cahiers libres* eine Studie über Proust veröffentlicht. Laporte schreibt unablässig Gedichte und Romane. Erstere erscheinen regelmäßig in der von *Le Sagittaire* herausgegebenen Zeitschrift *La Nef* und in heimlich gedruckten Zeitschriften, insbesondere in *Fontaine,* einer Monatsschrift der Résistance, die von Max-Pol Fouchet in Alger hergestellt wird. *Les Passagers d'Europe,* ein umfangreicher Roman, erscheint 1942 bei Gallimard. Laporte arbeitet an den zwei Bänden von *L'Honneur des poètes* mit, berühmten geheimen Publikationen der *Éditions de Minuit,* die 1943 und 1944 erscheinen und von Éluard und Aragon unterstützt werden. Er betreut auch die Rubrik »Livre de la semaine« der Zeitschrift *Opéra,* die Jacques Chabannes im Untergrund ins Leben gerufen hat. Sein langes Gedicht über die Hoffnung, *Rendez-vous sur le Mont Ararat,* ist Roger Martin du Gard gewidmet und wurde am 7. Mai 1941 nach dessen Abreise aus Antibes geschrieben. Es erscheinen auch politisch engagierte Sammlungen, *Deux poèmes pour aujourd'hui* (1941), *L'an 40* (1943) sowie *Circonstances* (1944), das vom Nationalen Schriftstellerkomitee veröffentlicht wird.

Als aktiver Widerstandskämpfer wird Laporte von der Résistance mit der Überwachung von Radio Monte-Carlo beauftragt, das während der Besatzung unter deutscher Kontrolle steht. An der Seite von Aragon und Sadoul engagiert er sich in der Gruppe *Les Étoiles.* Gegen Ende des Kriegs wirkt er in Toulouse als »commissaire de l'information« (August bis Dezember 1944) und in Paris als Inspektor des Informationsministeriums (von 1944 bis Mai 1945). Nach der Befreiung arbeitet er zusammen mit Jean Cassou und anderen daran, in Toulouse – wo er auch die Leitung des Rundfunks übernimmt – verschiedene Dienststellen einzurichten. Bis zu seinem Tod ist er Mitglied des Aufsichtsgremiums des französischen Rundfunks. Er schreibt auch mehrere Stücke für den Rundfunk, darunter *La Fleur d'oubli, Le Bourreau devenu vieux* und vor allem *Federigo,* ein von Mérimée inspiriertes Stück, das nach der Befreiung mit großem Erfolg auch von Gérard Philippe, Maria Casarès und Jean Marchat im Pariser Theater »Les Mathurins« gespielt wird.

In dieser bewegten Zeit – 1942, um genau zu sein – schreibt René Laporte *Hôtel de la solitude.* Die Erzählung erscheint zwei Jahre später mit einem Titelblatt von Serge Ramel im Verlag Julliard-Sequana und wird auf den Druckpressen der nationalen Druckerei in Monaco gedruckt. Der Verleger René Julliard, ein Anhänger des Vichy-Regimes, hat bei der Publikation von Autoren, die bei der Résistance aktiv sind, Vorsichtsmaßnahmen getroffen. So gründete er die *Éditions littéraires de Monaco,* wo er dank Laportes Vermittlung die Sammlung *Dignes de vivre* von Éluard veröffentlichen konnte. Nachdem *Hôtel de la solitude* unbeachtet geblieben ist, wird die Erzählung 1945 erneut veröffentlicht, diesmal in einer normalen Ausgabe von Julliard, wo sie am Anfang von *Histoires du mauvais temps* steht, René Laportes einziger Novellensammlung.

François Quellet

I

Kaum hatte er am ersten Abend die Tür aufgestoßen, war er zum Bürger einer anderen Welt geworden. Nun wohnte er seit fünf Tagen hier, und noch immer empfand er das gleiche unglaubliche Vergnügen, sich abwesend zu fühlen. Wer würde ihn hier suchen? Dieses Gefühl, dass er alle Polizisten der Welt abschüttelte, die amourösen Nachforschungen seiner Geliebten erschwerte, die eigennützigen Nachstellungen seiner Freunde behinderte – wie angenehm war es doch! Es füllte die ausgedehnte Leere seiner Betäubung mit Seligkeit.

Nicht dass Jérôme Bourdaine etwas zu verbergen gehabt hätte, weder vor der Polizei noch vor dieser oder jener Dame, die über sein Herz herrschen mochte. Doch es gefiel ihm, seiner Legende ein Dementi hinzuzufügen, auch wenn es geheim war. Einer Legende, der zufolge er in den letzten Monaten als Schwätzer und Spieler, als Schürzenjäger und Trinker galt, jemand, der das Leben *trotz allem* als einen Walzer betrachtet. In Wirklichkeit hatte er, getragen von jener Welle der Verunsicherung, die kurz nach dem Waffenstillstand manche Franzosen sagen ließ: »Akzeptieren wir das Provisorium, da es nur provisorisch ist«, seine Zelte rein zufällig in Nizza aufgeschlagen. Unter den Leuten, die ihrer Gegenwart absichtlich möglichst viel Ähnlichkeit mit der Vergangenheit verliehen, die in der Hauptstadt ihres Exils die Komödie von Paris spielten, ins Kasino gingen – das Mille-Pattes oder ein anderes, je nach Klasse und Snobismus –, um die einzigen Schauspieler des Vaudeville oder von Dullin, die mehr recht als schlecht zusammengestückelten russischen Ballette und die wenigen verbliebenen Dirigenten zu beklatschen, die in Vergessenheit geraten oder vom Pasdeloup Orchester ausgeliehen waren. Unter den Leuten, die die Gäste des Cintra-Vogade beim Namen nannten, wie man die Gäste des Pariser Restaurants Fouquet's beim Namen nennt, und die in der übrigen Zeit die Stadt nach dem exklusivsten Lokal abliefen oder mit dem wilden, tristen Stolz eines Konquistador eine Flasche Whisky beschafften. Inmitten von so viel Nichtigkeiten versuchte der schwache Jérôme, einen Rhythmus zu finden (einen menschlicheren, wohlverstanden), und er ärgerte sich, weil er genauso aus der Bahn geworfen wurde wie seine Kameraden und zudem den Nachteil hatte, sich dessen bewusst zu sein. Später einmal würde man genauer wissen, wie viel Energie verpufft war während dieser langen Monate des Wartens, über denen die Sonne des Mittelmeers und ihre Postkartenstimmungen, die Blumen, die wie junge Mädchen nach den besten Prinzipien aufgezogen waren, die Erinnerung an kandierte Orangen und die noch erhaltene Höflichkeit der Spaziergänger und einiger alter Droschkenkutscher eine letzte Illusion schweben ließen, die süßeste, die Illusion einer Welt, die überleben würde. Eines Abends empfand Jérôme Bourdaine plötzlich Ekel vor diesem Leben ohne jede Verbindlichkeit, dem Geplauder über das Roulette oder die fernen Bombenangriffe, deren Schrecken sich nicht einmal im Lächeln der Schwätzer niederschlugen. In einer Bar erzählte einer neben ihm von diesem Hotel: Es sei ein Ort, den es zu erkunden lohne; schwierig zu erreichen, bestimmt noch nicht entdeckt, sein Keller und seine Küche böten vermutlich interessante Überraschungen. Der kulinarische Aspekt interessierte Jérôme nicht. Doch er beschloss trotzdem, es sich anzusehen. »Ich breche gleich morgen auf.« Aufbrechen – ein poetisches, schönes altes Wort – entlockte ihm ein Lächeln.

Er dachte an die Züge, die Trauben von Menschen transportierten, an die Bahnhofsgaststätten, wo sich verloren gegangene Gepäckstücke stapeln, wo man Sandwiches verkauft, die genauso gefährlich sind wie unbekannte Pilze. Wir leben in einer abgeschlossenen Welt, sagte er sich. Was uns am meisten zu schaffen macht, sind unsere Wünsche und Erinnerungen. Eine vierdimensionale Welt mit vier Wänden, ohne lyrischen Elan und ohne Liebenswürdigkeiten. Es gibt keine Schiffe mehr, die auf der Höhe der Inseln verlangsamen, damit die Passagiere deren Duft riechen können. Und auch sonst keinerlei Elan, keinerlei Liebenswürdigkeit. Stillgestellt verharrte die Welt, wie jene Lokomotiven – eine Art tragisches, aussichtsloses Konzil –, die Jérôme letztes Jahr im Bahnhof von Béziers gesehen hatte und die, im Kreis neben ihrem Depot, einander schweigend anblickten, mit erstarrtem Herzen, tot wie die steinernen Tiere vor der Freitreppe eines verlassenen Palasts. Jérôme schlenderte am Meer entlang. Hunderte von Menschen saßen da, stillgestellt wie die Lokomotiven. Früher erwärmte diese illustre Promenade die letzten Träume der Greise. Und heute sind wir alle wie Greise, sogar die ganz jungen Leute, trotz ihrer intakten Muskeln und ihrer noch unversehrten Gesichter, sind wir alle bewegungslos, gefangen, gelähmt, kaum in der Lage, das kümmerliche Gras unserer Erinnerungen wiederzukäuen und zu verdauen. Jérôme spürte, wie eine seltsame Unrast in ihm hochstieg, er lechzte nach Bewegung, hatte Lust zu laufen und vielleicht mit dem Kopf gegen die Wand zu schlagen, wie Gefangene in der ersten Nacht nach ihrer Verurteilung.

Am nächsten Tag nahm er den Überlandbus. Den Bus, der wie eine übel riechende, rauchende Raupe zu den Bergen der Grande Corniche emporkroch. Seine Beklemmung vom Vortag vergessend, amüsierte er sich. Amüsierte sich über seine Scheinreise. Der Bus fuhr schon hoch über der Küste. Die Landschaft erschien verkleinert, wie von einem Flugzeug aus. Tief unten wurde das Cap Ferrat zur letzten Nadelspitze des Kontinents, die sich in das riesige Meeresgewebe hineinbohrte; sie zeichnete lange Gischtsäume, die aus dieser Entfernung wie erstarrt schienen. Ich fahre nach Afrika, träumte Jérôme vor sich hin, und Afrika wird mich mit dem gleichen Cap und der gleichen Bordüre empfangen. Seine Phantasie überschlug sich vor lauter Vergleichen. Ein bestimmtes Plateau, weiß und kahl wie ein Schaf nach der Schur, hieß Tibet. Wer liebte nicht diesen Namen mit dem heroischen Klang: Gaurishankar. Weiter vorne wurde das Dörfchen Èze, auf seiner Bergkuppe wie eine Katze auf dem Kamin thronend, zu einer Burg von Victor Hugo, einem Zufluchtsort für eine Loreley. So gönnte sich Jérôme, halb ernst, halb ironisch, von Kurve zu Kurve einen Ersatz für einen richtigen Umgebungswechsel. Er hatte den Eindruck zu erwachen oder von sehr weit her zu kommen, als einer der schwatzhaften Fahrgäste (während der ganzen Fahrt wurde ununterbrochen geredet, der Autobus führt uns zurück zur Postkutsche, zu Balzacs Gaudissart) verkündete: »La Turbie«.

La Turbie, das war Jérômes Reiseziel.

Kaum hatte er einige Schritte auf dem Weg getan, der laut einem Schild zum Aussichtspunkt führte – und nicht weiter –, ergriff ihn ein Schaudern. Trostlos und beinahe magisch, rosafarben, doch von einem verblichenen Rosa, mühselig hinter einem schlecht gepflegten Weg und einer struppigen, ungebändigten Kaktushecke hervortretend, präsentierte sich das Hotel in Schräggansicht. In dieser unbequemen Position hob es sich misslich gegen den Himmel ab. Das Auge war nicht ganz sicher, ob es sich lange würde aufrecht halten können. Doch das war nur eine optische Täuschung. Von vorne gesehen nahm das Gebäude wieder seine richtigen Proportionen an. Unglücklicherweise sah die Vorderfront nur der Abgrund, oder allenfalls sahen sie die Spaziergänger von Monte Carlo, fünfhundert Meter unterhalb des Felsens, und die Glücksspieler, die am Ausgang des Kasinos die Augen zum Himmel hoben, um ihm zu danken oder ihn zu verwünschen. Das

Hotel stammte aus der Jahrhundertwende, jenen Jahren, in denen die maurische Kunst die Bürger bezauberte (die Künstler widmeten sich der Gotik) und die Côte d'Azur überschwemmte. Die Zeit war, vor allem in Beaulieu, noch nicht ganz fertig geworden mit den bunten Spitzbogen, den geschlossenen Balkonen, an denen die Bougainvilleen hochkletterten wie Liebhaber, mit den beschlagenen Türen und Mosaikverzierungen: orientalische Ornamente, die der Architekt des Hotels in verschwenderischer Fülle eingesetzt hatte. Ein Minarett rundete das Bild ab. (Wie kam es, dass auf dem Sockel, in verschnörkelten und schon verwaschenen Buchstaben, noch immer *Afternoon-tea* zu lesen war?)

Jérôme blieb stehen. Entzückt, begehrlich, mit glänzenden Augen, bewunderte er das Haus: Er erkannte darin einen Zweig von Monte Carlo. Seit er an die französische Riviera gezogen war, hatte er oft Spaziergänge durch das Fürstentum unternommen. Er entfloh auf ihnen Nizza, den glücklichen und gerade wegen ihres Glücks deprimierenden Phantomen dieser Stadt, dem lästigen Schatten von Jean Lorrain oder dem diskreteren, doch gerade durch seine Diskretion lästigen Schatten von Marie Bashkirtseff. In Monte Carlo suchte er andere Erklärungen für die Vergangenheit. Vielleicht würde er hier erfahren, warum alle französischen Rentiers russische Anleihen gekauft hatten, warum Paul

Hervieu als ein großer Schriftsteller gegolten hatte. Etwas anderes zog ihn an, etwas anderes als der – wenn auch seltene – Titel Durchlaucht oder die bezaubernden Straßen von Monacos Altstadt. Er wusste die Unterschiede zu schätzen, die diese künstliche Stadt im Vergleich zu den anderen künstlichen Städten der Côte d'Azur aufwies, und er liebte an ihr, dass sie so bewusst toten Mächten geweiht war, ein Museum der Zylinderbourgeoisie, und in diesem Jahr 1942 gleichzeitig das letzte Asyl der individualistischen und daher unzeitgemäßen Spielleidenschaft. (Die echten, die großen Spieler werden Ihnen sagen, dass es für sie auf der ganzen Welt kein anderes Kasino gibt.) Das Hotel La Turbie schien wie ein Spross des Baums Monte Carlo auf seinem Felsen gewachsen zu sein. Jérôme hatte sich von seiner kleinen Reise nicht so viel erhofft: Zuerst eine andere Umgebung, und jetzt auch noch eine andere Zeit.

Er stieg (nach wie vielen Großherzogen?) beschwingt die fünf Stufen der Außentreppe hoch, öffnete die Glastür und befand sich unvermittelt am seltsamsten, zauberhaftesten Ort. Einem höchst heruntergekommenen Ort auch, unter seinem zur Schau getragenen Luxus. Man stelle sich den Spiegelraum des Musée Grévin vor, und zusätzlich den Geruch von Staub. Die Hotelhalle, vollständig maurisch wie die Fassade, nahm das ganze Erdgeschoss ein. Maurisch die Kassettendecke, auf der, zur flüchtigen Verblüffung der Kurtisanen, Koranverse eingraviert waren. Maurisch die Puffs und die Sofas, die in den Ecken gruppiert waren, sittsame Avantgarde der Separees, in denen man Champagner aus einem Schuh trinkt und sich anstelle des Salats eine nackte Frau servieren lässt. Maurisch die Geschirrborde, eher ungewohnt in einer Hotelhalle, und maurisch sogar das Kassenmöbel, das im Moment nicht besetzt war. Ganz und gar anachronistisch, zierten ein paar chinesische Fächer und eine Reklame im Stil Maxence die Wände. Doch was am meisten erstaunte, war nicht diese überholte *turquerie,* waren auch nicht die offenen Wunden der Teppiche (schließlich hat ein echter Perserteppich glorreiche Narben), sondern die unglaubliche Anzahl von Korbsesseln und Schaukelstühlen, die in der Halle herumstanden und vor kürzerer Zeit in widerlichen Gelb- und Rosatönen gestrichen worden waren. Links, auf der Längsseite, von der Eingangshalle nur durch offene Fenstertüren getrennt, erkannte man den Speisesaal. Die Tische waren alle bereit: strahlend weiße Tischtücher, Blumen in den Vasen. Ein ganzer Zug von Nachtschwärmern konnte eintreffen.

Es war, als ob alles in der Schwebe wäre, in Erwartung, ein Warten, das Jérôme für vorübergehend hielt, das ihn jedoch störte (er sollte bald merken, dass dieses Vorübergehende das beständigste Element des Ortes war). Er machte sich bemerkbar. Und während er wartete, bis jemand kam, begutachtete er mit einer Aufmerksamkeit, die seiner Freunde aus der Bar würdig war, die Flaschen auf den Geschirrborden. Man hatte ihm nicht zu viel versprochen. Da gab es – seltenen – Maraschino, Kümmellikör mit Prädikat; und sogar ein Fläschchen Boukha, wohl für das Lokalkolorit. Nicht mitgerechnet drei verschiedene Marken Gin, Madeira, der nicht aus Frontignan stammte, und noch nicht entkorkte Cognacflaschen mit flaumigem Bauch, die Jérôme leicht schüttelte, um sich zu vergewissern, dass es keine Attrappen waren. Es lag ihm nichts daran, sie zu trinken, sein Vergnügen lag im Entdecken. Er dachte auch an das Gesicht, das seine Freunde aus der Bar – verachtenswert, aber gut genug, um auf ihrem eigenen Gebiet gedemütigt zu werden –, machen würden, wenn er ihnen das alles erzählte. Nach ein paar Minuten stummer Verzückung rief er noch einmal, diesmal mit der Stimme aus einer komischen Oper, wie man ruft: »Heda, Herr Wirt!« Da kam, in Pantoffeln, verwundert und misstrauisch, ein Paar hinter einem Wandschirm hervor. Ein Paar, das genauso seltsam war wie der Ort, über den es offenbar herrschte. Ein alter Mann und eine alte Frau. Er, mit dem dunklen, doch sorgfältig rasierten

Kinn eines Schauspielers aus der Sicht eines Karikaturisten, einer Hose, die ihm um die Beine schlotterte, und einem Alpakajackett, aus dem jedoch ein Jabot hervorblickte, gebläht von einer schneeweißen Hemdbrust, die er vermutlich soeben festgemacht hatte, denn über dem Kragen waren die Bändel sichtbar. Sie, im Kosakenmantel, mit Pelzbesätzen an Handgelenken und Taschen, auf dem Kopf eine Pelzmütze, unter der Haare von einem besorgniserregenden Blond hervorquollen, mit schwerem, unruhigem Blick und dünnen Fingern, die sich ständig bewegten, als versuchten sie, die Ringe festzuhalten, die ihnen entglitten.

»Monsieur wünschen?«

»Mich bei Ihnen einzumieten.«

Die beiden Alten wechselten einen verlegenen Blick. »Nun, es ist so ... Wir haben ...« Die Frau murmelte ein paar Worte über die schwierige Lebensmittelversorgung, den Herrn Bürgermeister, der nichts von der Wirtschaft eines Grandhotels verstehe. Doch Jérôme beharrte mit so viel Autorität und Arroganz, dass man ihn schließlich für ein paar Tage aufnahm. Zur Probe sozusagen. Man hatte ihn vielleicht gesehen, wie er die Flaschen in Augenschein nahm, und hielt ihn für einen Polizisten. »Ich habe nicht einmal einen Radioapparat«, gestand der Hotelier. »Monsieur werden sich langweilen.« Worauf Monsieur sogleich in romantischem Ton erklärte, er mache gerade eine Ruhekur, die Welt halle von allzu vielen Axtschlägen wider, alle Menschen seien Holzfäller geworden und es passe ihm ausgezeichnet, sich hier oben vom Lärm zu erholen.

»Auf genau vierhundertzweiundachtzig Meter über dem Meer«, präzisierte der Hotelier und fügte, vom Berufsinstinkt erfasst, hinzu: »Ich hatte früher einen Gast wie Monsieur, er hasste den Lärm.«

Nun schaltete sich die Frau ein, doch sie lachte dabei: »Es muss allerdings gesagt werden, dass die Frau dieses Gastes mit einem Zigeuner davongelaufen war ...«

Der Hotelier schien peinlich berührt von einer solchen Indiskretion; seine verächtlich verzogenen Mundwinkel bedeuteten, seine Frau werde sich wohl nie bessern, obschon er ihr während all der Jahre des Dienstes und des Geschirrspülens zu erklären versucht habe, die höchste Pflicht eines Oberkellners oder eines Zimmermädchens sei die Verschwiegenheit. Dieser Alte war nämlich von der besten Schule. Laut ihm musste ein Diener (wenn er das Beiwort gekannt hätte, würde er hinzugefügt haben: ein snobistischer Diener, denn die guten Diener sind es mehr als ihre Herren) seine Gleichmut in jeder Lage behalten – angesichts einer Orgie, der Dummheit der Säufer, der Revolverschüsse in einen Spiegel, plötzlich auftauchender Ehemänner, der

Herzensergießungen von sich langweilenden Liebenden, und sogar dann, wenn gewisse Gäste, was zum Glück selten vorkam, den Rotburgunder kalt zu trinken verlangten. Um einen möglichen schlechten Eindruck wettzumachen, schlug der Hotelier Jérôme vor, ihn zu seinen »Gemächern« zu führen.

Die Frau fragte:

»Welches Zimmer geben wir ihm?«

»Monsieur kann wählen«, antwortete ihr Mann.

Dann wandte er sich seinem Gast zu, wobei er zögerte, ein Geständnis zu machen, von dem ihm sein Stolz abriet:

»Monsieur werden verstehen, wenn Monsieur erfahren, dass wir seit der Katastrophe niemanden mehr haben ...«

Jérôme dachte, es handle sich um den Krieg, und setzte sein mitleidiges Lächeln auf. Dann ließ er sich führen. Über eine breite, helle Treppe, die gut ein Viertel des Gebäudes einnahm, stieg man hintereinander zur einzigen Etage der Zimmer hinauf. In der gedämpften, stillen Atmosphäre des Korridors angelangt, an dessen Ende Licht durch ein Fenster drang, das sich zu Bäumen hin öffnete, verspürte Jérôme einen leichten Stich im Herzen. Dieser Korridor (in dem es weder Spitzbogen noch Mosaikverzierungen gab) wies eine erstaunliche Ähnlichkeit mit dem Korridor des

Hauses auf, in dem er in seinen jungen Jahren so manche Ferien verbracht hatte. Ein Haus, das er zärtlich geliebt hatte und das heute verkauft war, zwangsweise getilgt aus der Welt der Bourdains, nicht aber aus Jérômes Herzen. Er war dort so frei und glücklich gewesen, hatte im Sommer über seine Berufung entschieden, bald jene zum Bankier – mit den alten Zeitungen, die man sechzehn Mal faltet und zuschneidet, um Tausendernoten daraus zu machen –, bald jene zum Bettler (wie hatten seine Eltern gelacht über seinen mit größtem Ernst angekündigten Entschluss), weil man immer sitzen kann und *trotzdem* Geld einnimmt. Die Vergangenheit holte Jérôme unerwartet an einem fremden Durchgangsort ein. Nachdem er allzu viele Tage ohne Anker ziellos dahingetrieben war, erschien ihm diese Ähnlichkeit wie ein gutes Omen, und er dankte dem Traum, dass er ihn so geschickt zu sich selbst zurückführte oder zu einer Realität, die seine Kindheit, dieses verlorene Wunder, nicht verdammte. Doch die Stimme des Hoteliers hielt ihn auf dem Weg seiner geheimen Rückschau auf.

»Wenn Monsieur die Zimmer sehen möchten?«

»Ich nehme das hier«, sagte Jérôme, als er die Tür vor ihm öffnete, die Tür zum ersten Zimmer.

Er spielte das Spiel weiter: Auch im Haus seiner Familie lag sein Zimmer am Anfang des Korridors.

Als er eintrat, war er beinahe erstaunt, nicht seine Möbel und seine Unordnung vorzufinden. Doch eine weitere Erheiterung erwartete ihn. Das Zimmer war sehr geräumig und blieb es trotz der Schränke, Kommoden, Puffs, der züchtigen Wandschirme (vor der Waschnische) und den beiden Betten, mit denen es ausgestattet war. Die ganze Einrichtung war reinster Jugendstil, ein rustikaler Jugendstil, das heißt in Bambus! Auf die mit rotem Stoff bezogenen Wände waren Seidenstickereien mit chinesischen Figuren genäht: ein Wasserträger, eine Geisha, ein Kuli, der seinen Wagen und seinen Europäer hinter sich her zog. Auf seine Art war es ganz gelungen. Und Jérôme, der wissen wollte, ob das ganze Hotel im Zeichen der hässlichsten, der geschmackwidrigsten Tradition stand, die es in den letzten drei Jahrhunderten gegeben hatte, bat, auch die übrigen Zimmer sehen zu dürfen. Man zeigte sie ihm, und er ergötzte sich lange und bereute beinahe, nicht das mittlere gewählt zu haben, das man vermutlich für eine prätentiöse Kokotte entworfen hatte, mit Musselin überall und Festons, die an jedem Möbel und sogar an den Rändern des Toilettentischs angenagelt waren. Als sie in sein Zimmer zurückkamen, öffnete der Hotelier das Fenster, und der Frühlingshimmel, der beweglicher und leichter schien als die Schwalbenschwärme, die ihn durchzogen, vertrieb die im Raum eingenisteten Schatten. Jérôme trat hinaus auf den Balkon und stieß einen Schrei der Bewunderung aus. (Die beiden Alten sahen sich an, sie erwarteten diesen Schrei, den sie früher so oft gehört hatten und den zu hören sie nie müde wurden.) Weit, immens, breitete sich die Landschaft offen vor ihm aus. Auf der linken Seite, hinter dem Cap Martin, erahnte man Bordighera, und Jérôme streckte die Hand aus, als wollte er zwischen den Fingern ein Stückchen Italien ergreifen. Direkt unter ihm, und es schien, als müsste man nur einen Schritt tun, um sich auf seinem Rasen, unter seinen Palmen zu befinden, lag Monte Carlo, rosafarben und weiß, und mitten in der Stadt das Spielkasino, ein gut sichtbares Wahrzeichen, der Hirte dieser Dächerherde. Jérôme blieb bis zum Abendessen auf dem Balkon und stimmte sich auf die Landschaft ein, erstaunt, dass noch kein berühmtes Gedicht sie besungen hatte, wie die Tour de Constance von Aigues-Mortes, den Hügel von Karthago, den Grünen Hügel von Bayreuth oder die Burg Montségur. Als er nach dem Essen zurückkam (bei dem er so in Gedanken versunken war, dass er trank und aß, ohne darauf zu achten, was man ihm servierte, ohne auch nur zu bemerken, dass der Hotelier ihm zu Ehren eine Aushilfskellnerin engagiert hatte, ein junges, völlig verdutztes Mädchen, dem die Wirtin, erbittert, weil es beim Auftragen der Gerichte die linke Hand nicht hinter den Rücken hielt, hinter einer Grünpflanze hervor Zeichen machte), hatte er das Gefühl, die Wache wieder aufzunehmen. Er stand jetzt Posten vor den letzten erlaubten Lichtern Europas. Während der Rest der Côte d'Azur im Dunkeln lag, die Leuchttürme wie ins Wasser gestürzte Fackeln ausgelöscht, die Fenster geschlossen, ausgelöscht auch die freundlichen Gaslaternen des Boulevards de la Croisette in Cannes oder der Promenade des Anglais in Nizza, und jenseits von Jérômes Blickfeld diejenigen aller Boulevards des Kontinents, blieb einzig diese kleine Insel des Vergnügens und der Nonchalance beleuchtet. Gestern noch zaghaft, schien es nun, als würde sie den anderen eine Lektion in Beherztheit erteilen. Wie ein kleiner Tabernakel, dessen Strahlenkranz einer künstlichen Sonne gedämpft war, wurde sie zum Zufluchtsort aller universellen Lichter, die standgehalten hatten. Früher, überlegte Jérôme, hatte die Nacht eine ausgleichende Rolle gespielt, sie war die Fee, welche die Zeit verkürzt: Wenn man eine Kerze ausblies oder den Schalter drehte, tat man es, um den Schlaf, den Traum oder die Liebe zu suchen, um schneller zu den Verheißungen des nächsten Tages zu gelangen, um den Sonntag der Werktätigen zu erreichen oder den Morgen, an dem der Schulabschluss des Kindes gefeiert wurde. Heute trampelte diese auferlegte Nacht die Welt mit großen Hufschlägen nieder, ohne dass die Funken sprühten, sie ließ alle den Kopf einziehen und machte alle einander ähnlich, Schattenhalme, Lehrlinge des Nichts. Nie vor diesem Abend war Jérôme wirklich bewusst gewesen, was man in einer barbarischen, doch leider nur allzu präzisen Sprache »Verdunkelung« nennt. Oder er hatte sich, wie so viele andere, damit begnügt, auf ein paar unangenehme Begleiterscheinungen zu schimpfen, etwa wenn er auf dem Gehsteig stolperte, wenn er gegen einen Baum stieß. Oder er hatte über die hinterlistigen, nutzlosen, trüben kleinen Taschenlampen gelächelt, die auf den Straßen ihre ernüchterten Elfenreigen tanzten. Jetzt, von diesem Standort aus, wo der Zufall ihn platziert hatte, und weil eine Lichtschneise, so etwas wie eine Handvoll aus den Himmelskörben gefallene Sterne sich über den Boden ergoss und der Nacht trotzte, wurde ihm klar, dass dieser aufgezwungene Schatten bis zur Verurteilung der Moral reichte, dass er die Welt von allen Eiden entband, durch die sie sich dem Besseren, dem Freien verpflichtet hatte: Er verdammte sie zur Trauer, und für wie viele, wie viele Tage noch? Im Zimmer hinter Jérôme erhoben sich stumme Phantome, mit Monokel oder Mieder, rührend und lächerlich, vergangene Existenzen, die sich schon wie eine Rinde vom Baum der Zeit lösten und morgen von anderen Gästen hemmungslos niedergetreten würden. Jérôme fühlte sich gefangen zwischen seinem an der Nacht vertäuten Balkon und diesem Gewimmel hinter ihm. Er konnte weder vorwärts noch zurück. Er war wie der Matrose auf seinem Ausguck. Doch er war sich schon jetzt schmerzlich bewusst, dass seine Meldung »Land in Sicht!« nur ihm selbst gelten würde, dass sein Ruf (die Einsamkeit ist auch ein Knebel) Männer keineswegs daran hindern würde, am Rand des Schützengrabens auf die Stunde X zu warten und dabei an den Nägeln zu kauen, genauso wenig, wie er andere Männer, an weniger bedrohten Orten, daran hindern würde, Vergessenheit, Erfolg oder den Abglanz ihres früheren Glücks zu suchen. Eine grausame, wunderbare Verzweiflung – der Beweis, dass er noch nicht ganz erschlafft war, danke, mein Gott, der du an die Erhaltung des Geschlechts der Starken und an die zukünftigen Vermittler des Lichts denkst! –, eine lyrische Verzweiflung beherrschte ihn. Denn er wusste auch, dass er mit seinem Ruf »Land in Sicht!« nur einen vagen Lichtschein hinter dem fernsten Berg begrüßen würde und dass dieser Lichtschein zum Tag würde, einem Tag wie jeder andere, der weder mehr Frieden noch mehr Freiheit als die anderen brächte.

II

Während vierundzwanzig Stunden verließ Jérôme das Hotel nur selten. Er ließ sich vom geringsten Zauber umgarnen, er träumte oder tat, als träumte er, vor den unverständlichen Koranversen, vor den Geschirrborden. Obschon sie nie brannten, erinnerten ihn die bauchigen Kugelleuchten des Vestibüls, er wusste nicht warum, an die Gemälde von Jean Béraud, an ein feuchtes Paris, das, im selben Lichtkegel, die Nachtschwärmer Maupassants und die vom Unsegen verfolgten Arbeiter Zolas durchqueren. Trotz seines Lanvin-Pullovers und seiner Hermès-Uhr lebte er mitten in den 1880er-Jahren. Er ging sogar so weit zu hoffen, dass eine barmherzige Hand eines Morgens die vollständigen Jahrgänge von *Pêle-Mêle* und *Soleil du Dimanche* auf die Tische der Hotelhalle legte, jene Zeitschriften, mit denen er als Kind gelernt hatte zu lachen und das Erwachsenenalter herbeizuwünschen, das Alter der Abenteuer.

In diesen vierundzwanzig Stunden bekundete der Hotelier seinem Gast gegenüber eine vorsichtige Zurückhaltung. Er erschien lediglich am Schluss der Mahlzeiten (die immer mittelmäßig waren und streng die Regel der Speisenfolge einhielten). Dann stützte er sich, in bester Oberkellnermanier, mit den Fingerspitzen beider Hände ganz leicht auf das Tischtuch und heischte nach einem Lob. Am zweiten Abend verlangte Jérôme einen etwas edleren Wein. Die Kellnerin lief ins Anrichtezimmer, wo sich fast umgehend ein Wortwechsel erhob: »Törichtes Kind, Sie werden das Metier nie erlernen! Sie hätten sagen sollen: ›Ich werde die Karte holen.‹« Mit dieser Karte kam der Hotelier, feierlich und freundlich lächelnd, persönlich an den Tisch. Jérôme begann sie zerstreut zu überfliegen, doch bald schenkte er ihr seine ganze Aufmerksamkeit. Schon lange hatte er keine solche Liste von erlesenen Burgundern, Bordeaux-Weinen, Côtes du Rhône und Weinen aus dem Elsass mehr gesehen. Und alle zu außerordentlich gnädigen Preisen.

»Das alles haben Sie wirklich?«

Der Hotelier schien erstaunt, dass man das, was er gewissermaßen als seinen Adelsbrief betrachtete, in

Zweifel ziehen konnte. Jerôme lächelte über seine Entrüstung und bat, ihn zu beraten.

»Monsieur sollten vielleicht den 23er Corton kosten.«

Monsieur würde ihn mit Vergnügen kosten. Und dachte bei sich: »Vor allem für neunzig Francs, den Preis eines Verschnitts auf dem Schwarzmarkt.«

Der Hotelier kam mit dem Servierkörbchen zurück, das er trug, wie Edmond Rostand zufolge die Grenadiere der Tuilerien den König von Rom getragen haben (will sagen, dem Stil Rostands zufolge, denn Flambeau hat sich bekanntlich damit begnügt, sich den Federbusch rupfen zu lassen). Er sah aus, als würde er die Messe lesen, während er am Korken roch, auf einem kleinen runden Tisch ein wenig in ein Glas einschenkte und schließlich Jérômes Glas füllte. Dieser beschloss aus Anstand, mit der gleichen salbungsvollen Würde zu trinken. Im Grunde fühlte er sich durch die Komödie geschmeichelt, er fand mit Vergnügen eine Umsicht, einen Respekt und Gesten wieder, die er verloren geglaubt hatte (und er musste sich glücklich schätzen: Er protestierte oft genug gegen den zunehmenden Mangel an Erziehung der Franzosen, die vergaßen, dass ihre Vorfahren den Handkuss in ganz Europa durchgesetzt hatten). Der Corton verdiente übrigens, dass man ihn mit der größten Ehrerbietung behandelte. Er war zart wie ein Menuett, warm wie ein auflodderndes Holzfeuer, und auch intensiv. Sehr rasch löste er Jérômes Zunge oder verlieh vielmehr seinen Träumen mit Worten Ausdruck. Der Hotelier rührte sich nicht, als wäre er sich der Wirkung sicher. Man hätte meinen können, er sehe zu, wie sich in den Augen des Trinkenden die kleine Flamme entzündete und wie sie emporstieg, diese Flamme, die solch ein Wohlgefühl auslöst. Sie wurde rasch größer. Jérôme leerte ein zweites Glas, ein wenig zu schnell gemessen an der Schönheit dieses Weins: Es war, als ob er ein Gemälde begutachten würde, ohne einen Schritt zurückzutreten. Er wurde dennoch weich gestimmt.

»Wie heißen Sie, mein Freund?«

Der Hotelier schien seit einer Weile weniger steif. Die Flamme und die Art, wie sie durch zwei rasch hintereinander geleerte Gläser aufgelodert war, hatten ihn besser über die soziale Klasse seines Gastes unterrichtet als der Meldeschein, den er ihm am ersten Abend mit einem bedauernden Seufzer vorgelegt hatte. (»Monsieur mögen bitte verzeihen, aber die Gendarmen kommen jeden Morgen vorbei, als wäre unser Hotel gegenüber einem Bahnhof gelegen …«)

Er antwortete: »Das kommt darauf an, Monsieur«.

Für die Finanzbeamten und die Lebensmittelverteiler hieß er Ludovic Barca. Für die Lieferanten war er

Monsieur Ludovic. Und Ludovic für die Gäste. Jérôme zeigte mit dem Kinn auf das Glas, in das Barca die ersten Tropfen des Corton eingeschenkt hatte, die möglicherweise nach Korken schmeckten. Er hob die Flasche.

»Nehmen Sie auch ein Glas.«

»Monsieur denken nicht daran«, murmelte Barca im leicht vorwurfsvollen Ton eines Vaters.

Gleichzeitig dachte er, schon ganz in Erinnerungen schwelgend, an den delikaten Dünkel der kleinen Vicomtes und Anführer von Gesellschaftstänzen, die er im ›Ambassadeurs‹ bedient hatte, damals, als er seine Laufbahn als Kellner begonnen und General Boulanger, die betrogene Hoffnung all derer, die gerne naive Klischees verbreiteten, die seine beendet hatte.

Er fuhr fort: »Monsieur langweilen sich nicht allzu sehr hier? Früher hätten sich Monsieur nicht gelangweilt. Ah, das kann ich Ihnen versichern.«

Jérôme lächelte, doch Barca interpretierte das Lächeln falsch:

»Monsieur dürfen keinen falschen Eindruck gewinnen«, sagte er rasch. »Unser Hotel war immer sehr seriös. Gewiss, einige der Herren wagten sich ohne ihre Ehefrauen hierher, doch nur um des Vergnügens einer – wie soll ich sagen – freieren und abwechslungsreicheren Konversation willen.« (Er schien sich seiner Behauptung sicher, als hätte er jeden Abend an jeder Tür gehorcht.) »Wir hatten übrigens nur Separees. Oder vielmehr Familiensalons, wie wir sie nannten. Und keine Zimmer. Die Zimmer haben wir später eingerichtet, weil im August 1914 Leute hier oben Zuflucht suchten.«

Eine Illusion, die sich verflüchtigte. Keine Kurtisane hatte also in den Festons und Musselins geschlafen? Sie waren geradezu züchtig, diese Wände, sie hatten nur Augen gesehen, in denen die bloßen Versprechungen einer Romanze lagen – zwischen dem Rebhuhn und der Eisbombe. Keine Kurtisane, kein wappengeschmückter Liebhaber hatten also das wunderbare Erwachen vor dieser zu großen Gedanken und Gefühlen inspirierenden Landschaft gekannt?

»Sie hätten die vornehme Gesellschaft sehen sollen, die zu uns kam«, sagte Barca.

Er drehte sich zu den Tischen um, alle weiß, alle blumengeschmückt, alle bereit, und hob den Arm mit der Feierlichkeit eines Dirigenten:

»Hier saß Madame Gordon-Bennett. Etwas weiter hinten Lord Alberton – der teure Mann! –, der so feinsinnige Gedanken hatte. Er ließ sich seine Cognacflasche bringen, einen Réserve de la Grande Meunière, trank ein paar Gläser, machte einen Spaziergang unter den Sternen und sagte bei seiner Rückkehr mit dem größten Ernst: ›Ich hoffe, Sie haben ihn auch gekostet,

Ludovic ...< Und ich antwortete: >Ja<, um ihn nicht zu enttäuschen. Der Tisch links war für den Baron Honningen reserviert, wenn er nicht in Ungarn auf der Jagd war. Der Tisch rechts, der die beste Aussicht bietet, gehörte Monsieur Blanc. Von hier aus konnte er weiterhin sein Spielkasino überwachen. Er hätte ein Fernglas nehmen und murmeln können: >Da geht der Maharadscha die Außentreppe hinunter. Er scheint ungehalten.< Doch Monsieur Blanc war ein sehr wohlerzogener Herr. Er hätte sich nie die Hände gerieben, weil der Maharadscha verloren hatte.«

Jérôme hörte zu. Er hörte zu, wie man der Geschichte einer Großmutter zuhört.

»Und die Schauspielerinnen: Jeanne Granier, Lucie Mermonde, die kleine Jane Henriot, bevor sie, mit ihrem Griffon im Arm, beim Brand der Comédie-Française ums Leben kam. Eines Tages Lucien Guitry, der einen Rosenstrauß schwenkend hereinkam ...«

Die Tische hatten sich belebt. Mit schwarzen Kleidern, blauen Pagenlivrees, so blau wie Ihre Augen, meine Liebe!, mit Monokeln, Kleidern von Redfern, Keulenärmeln, Diamantenkolliers, Fächern, auf die Robert de Montesquiou soeben nachlässig ein beschwörendes Sonett geschrieben hatte, erlesen wie eine Nachthyazinthe. Eine Walzermelodie, wohlriechend und farbig (zigeunerrot natürlich), zog zwischen den Grünpflanzen hindurch und wogte im Rauch der Murattis. Während gedämpft, diskret, übermäßig gesittet, das Rollen der Goldstücke von der Stadt heraufdrang, doch man tat, als hörte man es nicht: Die magische Stunde war noch nicht gekommen. Alle diese vornehmen Schatten, in ihrem Ruin genauso stolz wie in ihrer Opulenz, schälten gewandt die schwierigsten Früchte. An diesem Abend gab die süße Seite des Lebens ein Diner für die Geister der Vergangenheit. Ach, lieber kleiner Jérôme, der Sie sich die Finger mit der Illustrierten *Soleil du Dimanche* schwarz gemacht haben, sich wie die Mannequins von High Life Tailor in Träume kleideten, ohne zu wissen, dass es banale Konfektionskleidung war, der Sie durch einen Hain von Wörtern hindurch die italienischen Marquisen von Paul Bourget verfolgten – haben Sie je so viel gesehen, sich je so viel auch nur vorgestellt?

Barca beugte sich vor, um ihm etwas Vertrauliches mitzuteilen:

»Jeden Winter weilte mindestens einmal Seine Majestät Edward VII., damals noch Prinz von Wales, in unserem Hotel.«

Er erschien hinten in der Halle, in Rauchgrau gekleidet, mit weichem Bart, die hervortretenden Augen, das Kennzeichen seiner Familie, halb geschlossen. Die Gäste hatten ihn schon bemerkt, als er sich diskret dem Salon näherte. Doch jeder kannte die Regel. Es mag für den Bürger angehen, mit dem Finger auf die Großen dieser Welt zu zeigen und auszurufen: »Oh, seht, der Prinz von Wales, ich bin sicher, er ist es!« Die Eingeweihten fragen sich hingegen: »Wer ist wohl dieser Herr?«, und spielen die Komödie mit dem größten Ernst. An diesem Abend täte man weiterhin so, als würde man ihn nicht erkennen. Keine Frau würde einen Knicks machen. Lord Alberton würde die Nase ein wenig tiefer in seinen Cognac stecken, vergessend, dass am künftigen Tag der Krönung ein Alberton einem Familienrecht zufolge irgendein heiliges Schwert würde tragen müssen. Der rauchgraue Prinz, mit seiner Gardenie gepanzert, konnte ruhig der Eroberung seiner Soiree entgegenschreiten.

»Ich werde Monsieur die Speisekarte der Hoteleröffnung zeigen«, schlug Ludovic vor, der immer gefühlvoller wurde.

Kaum hatte er sich entfernt, schoss Madame Barca hinter ihrem Kassenmöbel hervor und pflanzte sich vor Jérôme auf.

»Sie müssen meinen Mann entschuldigen«, sagte sie sehr schnell. »Er hat seit unserem Unglück ein wenig den Kopf verloren ... Es ist schwer, nicht wahr, sich mit dem Gedanken abzufinden, dass der große Kochherd nicht mehr eingeschaltet, es kein Gedränge vor der Garderobe mehr geben wird. Mein armer Ludovic lebt nur noch in der Vergangenheit. Das Dach ist voll undichter Stellen, und er tut nichts, um es auszubessern. Wir hatten keinen Kohlenvorrat. Im Winter ist es eiskalt. Man spürt hier schon die Kälte der Berge. Ich muss einen Hut aufsetzen, wenn ich mein Zimmer verlasse oder im Hotel zu tun habe.«

Jérôme lächelte – so diskret wie möglich – über das unerwartete Bild: die als Dame verkleidete Kosakin, mit einem Hut aus jener verflossenen Zeit der Phantome, wie sie durch die Korridore ging oder mit ihren Kochtöpfen hantierte.

»Manchmal sage ich es Ludovic. Wir sollten es mit einer Schankwirtschaft versuchen. Wir könnten im Garten ein Boulespiel einrichten. Am Sonntag kämen die Leute aus dem Dorf. Dann würde der Bürgermeister unsere Bedürfnisse vielleicht besser verstehen. Aber Ludovic will nicht. Er bleibt stur. Er sagt jedes Mal nur: ›Die Grandhotels schließen eines nach dem anderen. Bald ist die Reihe an uns …‹ Auf der einen Seite verstehe ich ihn. Er hat seinen Stolz: Wenn man als Hotelpage im ›Ambassadeurs‹ begonnen hat und zur Krönung seiner Karriere ein so bedeutendes Hotel führt, nicht wahr?«

Doch Ludovic kam schon zurück. Er hielt mit den Fingerspitzen eine lange, vergilbte, fleckige Karte, die man wohl schon oft in die Hand genommen hatte und auf der eine endlose Liste erlesener, beinahe prähistorischer Gerichte aufgeführt war. Barca lächelte beim Gedanken an Krebs-Pyramiden und eine Bastion von Gänseleberpasteten, bei der Erinnerung an all die Flaschen, die wie Botschaften in den Ozean einer einzigen, unvergesslichen Soiree geworfen worden waren. Das Lächeln erstarrte auf seinen Lippen, als er bemerkte, dass seine Frau mit den Schultern zuckte. Er wandte sich Jérôme zu:

»Sie hat Ihnen natürlich von der Katastrophe erzählt?«

Madame Barca antwortete sehr rasch:

»Nein, ich habe kein Wort davon gesagt.«

»Nun, dann werde ich es Monsieur sagen, was die Katastrophe ist. Unsere Katastrophe.«

Wortreich und mit vor Zorn bebender Stimme erklärte er, dass man diesen abgeschiedenen Ort, der trotzdem so nah der Stadt lag, früher von Monte Carlo aus mit einer Zahnradbahn erreichte. Wurde es einem unten zu warm, hatte man genug davon, Häuserfassaden zu sehen und mit der Nase gegen den gegenüberliegenden Balkon zu stoßen, stieg man in einen Wagen (Prinz Edward besaß einen Sonderwaggon), und in einer Viertelstunde hatte man diese freie Sicht, ein Orchester, einen Weinkeller, die ehrenhaftesten Vergnügen des ehrenhaften Mannes.

»Vor fünfzehn Jahren ist unglückseligerweise ein Glied der Zahnstange gebrochen. Die Bahn ist rückwärts wieder hinuntergefahren, sie hat sogar den Bahnhof zertrümmert. Gottlob fand der Unfall ziemlich nah am Ausgangspunkt statt. Es gab nur zwei Tote.«

»Mit uns macht das vier«, rief Madame Barca.

Nun begannen sie in einem kläglichen Chor das natürliche Verhängnis zu erzählen, das gefolgt war. Keine Zahnradbahn mehr. Man versprach schon lange, eine Drahtseilbahn zu bauen, doch es blieb beim Versprechen. Ein anderer erschwerender Umstand: Der Schlag der feinen Leute war verkümmert, immer schneller. Wenn man die Barcas hörte, hätte man meinen können, das Leben sei nicht mehr lebenswert, seit die Männer zum Abendessen nicht mehr den Frack anzogen, die Frauen nicht mehr von der Zartheit eines Parfums waren. Madame Barca eilte davon, um das Rezeptbuch zu holen. (Seit wie vielen Tagen hatten sie niemanden mehr gehabt, dem sie sich anvertrauen konnten? Sie vergaßen schon, mit welchem Misstrauen sie Jérôme empfangen hatten.) Quer über eine Seite stand in Großbuchstaben KATASTROPHE geschrieben. Seit diesem verwünschten Datum herrschte Leere, Leere in ihnen selbst, Leere um sie herum. So manches Ereignis hatte im Topf der Zeit gebrodelt, doch jene Küche wurde gekocht, ohne dass sie etwas davon sahen, ohne dass sie etwas davon rochen: Finanzskandale, der stolze Stapellauf eines Schiffs, Streiks, Bürgerkriege, ein richtiger, noch nicht beendeter Krieg, der Exodus und der ganze Rest. Das Hotel La Turbie befand sich wirklich auf der unerreichbaren Höhe des Gaurishankar. Nichts drang zu diesen beiden Menschen hinauf, die nicht auf den Gedanken kamen, dass ihr Unglück in Wirklichkeit nur die indirekte Folge, die äußerste kleine Welle so vieler anderer, größerer Tragödien war; dass jeder Streik und jeder Bürgerkrieg die letzten kleinen Vicomtes etwas mehr daran hinderten, den Frack anzuziehen, zwischen der Gardenie von Edward VII. und der Orchidee von Sir Austen zu schwanken. Diese Verdunkelung der Welt, die Jérôme am Vorabend in einem vereinfachten Bild beeindruckt hatte, betraf sie nur insofern, als sie aus Sparsamkeitsgründen in der Eingangshalle nie mehr als zwei Lampen einschalteten. Ohne jede Ähnlichkeit mit all denen, die das Elend dieser Zeit in seiner Mühle zermahlte, galt ihre ganze Liebe einer Epoche aus Champagner und Seide. Dass Barca sich bereit erklärte, das Hotel zu verlassen, er, der es eröffnet hatte, nein, das war unmöglich. »Unmöglich«, wiederholte er mit Nachdruck, als hätte er noch immer eine Rückkehr jener zu Staub zerfallenen Herrlichkeit erhofft. Jérôme betrachtete die beiden mit einer nicht gespielten Rührung. Sie gehörten jenem Schlag von Entwurzelten an, die ihn jedes Mal tief ergriffen, wenn er einem von ihnen begegnete, in Gestalt gescheiterter alter Schauspieler oder in sonst einer Form. Wracks, die ihr mit traurigen, kraftlosen Schlägen gegen die Kais unseres gegenwärtigen Lebens stoßt! Diese von Stürmen und Flutwellen geprägte Zeit treibt euch unbekümmert vor sich her. Man beklagt euch, ohne euch – oh weh! – je helfen zu können.

Jetzt hätte Jérôme (wenn er nicht befürchtet hätte, falsch verstanden zu werden) die Barcas beglückwünscht, dass sie sich an ihrer Würde festklammerten, sich vielleicht feige daran klammerten, auch wenn der Lebensmittelverteiler sagte: »Sie erhalten nur neunzig Gramm Fleisch pro Gast«; auch wenn der Gendarm sagte: »Vergessen Sie nicht, Ihre Fensterscheiben mit blauer Farbe zu überstreichen, man kann Sie bis nach Beausoleil sehen.« Er hätte sie beglückwünscht, dass sie saubere Tischtücher auflegten und die Tische mit Blumen schmückten, dass sie ein Menü zubereiteten und die Weinkarte auf dem letzten Stand hielten für Gäste, die nicht kommen würden oder die man abweisen müsste, wenn sie zufällig kämen.

III

Als er am fünften Tag zum Abendessen hinunterging, glaubte Jérôme zu träumen beim Anblick einer Frau, die am Tisch von Baron Honningen saß. Er hielt sofort nach Ludovic Ausschau, doch dieser hatte sich – wie am Abend von Bourdaines Ankunft – vermutlich in der Küche verschanzt. Dennoch schien in der stickigen Luft des Hotels eine vage Heiterkeit zu liegen. Sie zeigte sich im gewandten Tänzeln der Aushilfskellnerin, im Lächeln von Madame Barca hinter ihrem Kassenmöbel. Die Frau saß mit dem Gesicht zu Jérôme. Als die Serviererin hinausging, um den nächsten Gang zu holen, und Madame Barca ihr folgte, um sie zu überwachen, erschien die Einsamkeit im Speisesaal noch befremdlicher. Man hätte meinen können, die beiden Gäste, zehn Meter voneinander entfernt, wären lächerlich früh zu einem Rendezvous erschienen. Was sich ganz wie der Anfang eines Vaudeville ausnahm. Fehlte nur noch, dass Jérôme aufstand, zur Unbekannten hinging und sagte: »Man hat sich einen Scherz mit uns erlaubt, ich schlage Ihnen vor, unser beider Missgeschick zu vereinen.« Wie um die Illusion komplett zu machen, sah die Frau ziemlich oft auf ihre Uhr. Dennoch erwartete sie wohl niemanden, denn es lag kein weiteres Gedeck auf dem Tisch. Jérôme begann sie genauer zu mustern, sah jedoch bald wieder weg, da sie ihn ihrerseits unauffällig betrachtete. Der flüchtige Blick, den er auffing, erschien ihm zudem nicht besonders liebenswürdig. Gleichzeitig dachte er: »Und ich hoffte, hier meine Ruhe zu haben. Was hat er (oder sie) hier zu verbergen?« Und sie fühlten sich beide etwas töricht, da sie nicht einmal eine Zeitung oder ein Buch hatten, um ihre Blicke in eine glaubhafte Richtung zu lenken. Jedes Mal, wenn sie vorgaben, sich für die Landschaft zu interessieren, stießen sie im Vordergrund auf das Gesicht des anderen. Schließlich siegte Jérômes Unverfrorenheit über die subtilere Komödie der Frau. Er zwang sie, sich in die Betrachtung ihres Stücks Brot samt der Fliege zu versenken, die darauf eine Erinnerung an echtes Mehl suchte. Die Unbekannte war schön – unnötig, es zu betonen –, denn sonst hätte es keinen Anlass für diese ganze visuelle Strategie, dieses Blickgefecht gegeben. Groß und schlank, mit kunstvoll verblichenem Haar, einem blassen Teint, der vielleicht gegen denjenigen der robusten Jungfrauen am Strand aufbegehren wollte, brachte sie in diesen altmodischen Saal eine Jugend, die gut zu ihm passte, die anachronistische Anmut eines Wesens, das Shagtabak, Skischuhe, Bergwanderungen, Wassersport und allzu einfache Kostüme sicherlich verabscheute. Sie war zwischen zwanzig und dreißig Jahre alt, doch sie hätte das gleiche Alter in einer anderen Epoche haben können. Jérôme liebte sie nicht genug, die Sitten, die Freiheiten und kameradschaftlichen Allüren seiner Zeitgenossinnen in zu kurzen Röcken, um nicht insgeheim dieser Frau zu danken, deren ganzes Erscheinungsbild ein offenes Bekenntnis zur alten weiblichen Zerbrechlichkeit war. Er sagte zu sich: »Ich kann sie mir sehr gut im Abendkleid vorstellen.« Und er fand das neuer, angenehmer, als sie sich im Badeanzug vorzustellen.

Als sie vom Tisch aufstand, grüßte er sie. Doch sie ging an ihm vorbei, als ob sie nichts bemerkt hätte, und er fühlte sich etwas grotesk, wie er sich mit dem Oberkörper leicht vom Stuhl aufrichtete und schon verständnisvoll lächelte, das Erkennungszeichen unter den Gästen der Ferienhotels, wenn sie eine Partie Bridge oder einen Zeitvertreib für die Kinder zu organisieren haben.

Die junge Frau legte sich in eine Chaiselongue auf der Terrasse, wo die Nacht Halt suchte, bevor sie sich aufs Meer hinaus schwang. Jérôme verlangte nach Barca. Der Hotelier, der seine einem guten Haus geziemende Heiterkeit wiedergefunden zu haben schien, näherte sich ohne Eile, eine blütenweiße Serviette auf dem Arm.

»Nun, Ludovic, hat sich das Blatt gewendet? Wir haben neue Gäste.«

»Stellen Sie sich vor, sie sind heute Nachmittag eingetroffen. Unmöglich, sie abzuweisen. Sie kommen auf Empfehlung eines ehemaligen Gastes, General Graf Tiepoff, der jetzt …«

Die Mehrzahl ließ Jérôme aufhorchen.

»Ja, sie sind zu zweit«, erklärte Barca. »Der Mann und die Frau. Doch der Gatte nimmt seine Mahlzeiten nicht hier ein.«

»Warum?«

Der Hotelier machte eine unbestimmte Gebärde.

»Er arbeitet unten. Er wird jeden Abend mit dem Zehn-Uhr-Bus zurückkommen.«

»Und wie heißen Ihre neuen Gäste?«

Getreu einer Diskretion, die ihm die Freundschaft so mancher Liebesschmuggler (Familiensalons, wer's glaubt …) und so mancher sich langsam der Demokratie öffnender Prinzen eingebracht hatte (was geschah wohl nach der Eisbombe?), hätte Barca vermutlich nichts gesagt. Doch seine Frau hatte sich eben hinter ihn postiert.

»Ich weiß nicht, wer sie sind, diese Sernitchs«, sagte sie, »aber sie haben auf jeden Fall schönes Gepäck, wie man es nicht mehr sieht. Mit Anhängern, und aus Leder, das gereist ist. Mir kann man in dieser Hinsicht nichts vormachen.«

Dieser Klatsch entlockte Ludovic einen leisen Seufzer. Monsieur Bourdaine, dem der Name Sernitch bestimmt nichts sagte, würde glauben, man nehme jetzt jeden Beliebigen in diesem Hotel auf, das früher einmal ein Anhang der Gesellschaftschronik des *Figaro* gewesen war. Leichtfertig dem Meldeschein trauend, den der Ehemann unterzeichnet hatte, erklärte Barca, Monsieur Sernitch sei ein ehemaliger Bankier. Das hätte ihn unverzüglich dazu geführt, von den Saint-Phalles zu erzählen, von einem Rothschild aus Wien, der ..., wenn Jérôme nicht aufgestanden wäre. Er ging seinerseits auf die Terrasse hinaus.

Madame Sernitch war dabei, die Sterne zu zählen. Der glühende Punkt ihrer Zigarette brachte die Rechnung durcheinander. Jérôme ließ sich mit Bedacht in einiger Entfernung nieder, doch er drehte unablässig den Kopf in ihre Richtung, überzeugt (und er hatte recht), dass sie nach keinem Vorwand mehr suchen würde, um ihn ebenfalls zu betrachten. Dieser stumme

Dialog war alles, was sich an diesem Abend zwischen ihnen abspielte. Als es zehn Uhr schlug, ging Jérôme hinein – um Madame Sernitch den bevorstehenden Gefühlsäußerungen einer Ehefrau zu überlassen, um sie, je nach Empfang, den sie ihrem Mann bereitete, nicht für zu zärtlich oder zu gleichgültig zu halten. Bevor er einschlief, ohne vorher auf seinem Balkon meditiert zu haben, wie er dies seit fünf Abenden tat, gestand er sich ein, dass die Anwesenheit dieser Frau seine Einsamkeit störte. Und morgen wäre es vielleicht ganz damit vorbei ... Nun hatte er aber diesen geistigen Nebel zu lieben begonnen, in dem er seit seiner Ankunft lebte, oberhalb der Welt, ohne etwas von ihr zu sehen, ohne etwas von ihr zu hören. Der Gedanke an ein Wesen, dessen Herz in der Nacht schlug, genügte, um diese süßen Wolken der Abwesenheit zu zerreißen und den rußigen Rauch der Städte, ihren Lärm und ihre tragische Armut zu ihm hinaufzutragen. Dass ihn die Nähe einer Frau derart beschäftigte, ärgerte ihn maßlos. Er war plötzlich wieder der alte Jérôme, dessen Leben eine unaufhörliche Jagd war. Schon ließ die Hoffnung auf eine Fährte die wohlbekannte dunkle, süße Wärme in ihm aufsteigen; sie würde beim nächsten Erwachen in seine Augen, seine Hände und seine Worte die gleiche Ungeduld legen. Und dann wäre der Zauber dahin.

Am nächsten Tag beobachteten Madame Sernitch

und Jérôme einander beim Mittag- und Abendessen weiterhin zwischen den Wimpern hindurch. Würde das lange so weitergehen? Jérôme wartete am Rand seines Schützengrabens des Schweigens fiebrig auf den unbekannten Moment des Angriffs. Er versuchte vergeblich zu erfahren, ob sie die Barcas nach seinem Namen gefragt hatte. Seine ungeschickten Ermittlungen ergaben, dass ihr Vorname Zoya war. Ein Vorname, den er innerlich genussvoll mehrmals wiederholte. Madame Sernitch blieb stundenlang auf der Terrasse. Sie las nie. Hingegen strickte sie viel. Leider fiel ihr der Wollknäuel nicht aus den Händen, wenn er sie belauerte. Es war auch irritierend, dass sie nie zu träumen schien. Ihre Art, eine Zigarette anzuzünden oder die Stricknadeln zu halten, hatte nichts Besonderes. Man wusste nicht, wie man sie bei einem Fehler ertappen, wo man sie einordnen sollte – gehörte sie zu den Frauen, die ernst sind oder zu denen, die über die geringste Kleinigkeit lächeln, die sich in ihrer Einsamkeit wohlfühlen oder die sich langweilen, die zu warten oder die nicht zu warten scheinen? Kurz, sie war ihrer Natur nach geheimnisvoll. Erst beim Abendessen hörte Jérôme ihre Stimme, als sie das junge Dienstmädchen bat, eines der großen Glasfenster zu schließen. Eine klassische slawische Stimme, die das »R« rollte und bei gewissen Wörtern eine unerwartete Betonung setzte, langsamer wurde. Etwas später, mitten in der Abenddämmerung, vernahm er ihr Flüstern (was vielleicht aufschlussreicher war, verriet diese gedämpfte Stimme doch ein nicht ganz reines Gewissen). Könne man, fragte sie Madame Barca, in der Gegend von La Turbie Wolle finden auf dem Schwarzmarkt? Ludovics Frau antwortete sogleich mit einem lauten, resoluten »Nein« und schien höchst schockiert über die Frage. Eine Kleinbürgerin mit Babywäschemanie, oder was? Jérôme kam nicht voran. Er wurde so nervös, dass er sogar die beinahe ständige Abwesenheit des Ehemannes merkwürdig fand. »Wer ist dieser Monsieur Sernitch eigentlich?« Als er ihm die Frage stellte, entzog sich Ludovic der Antwort mit einer jener unbestimmten Gesten, aus der er die größtmögliche Ablehnung sprechen ließ. Jérôme hatte auch nicht mehr Glück bei seiner Frau, die verunsichert schien durch diese geisterhafte Gestalt, von der man in der Nacht kaum einen Blick erhaschte und die am Morgen mit dem ersten Bus wieder verschwand.

»Er sieht aus wie eine Fledermaus«, sagte sie nur.

Beim folgenden Mittagessen hielt es Jérôme nicht mehr aus.

Die Aushilfskellnerin und Madame Barca hetzten einander durch die Küche, und so war er allein mit Madame Sernitch. »Ich werde ihr die große Szene der Porträts vorspielen.« Er stand auf und trat an den unbesetzten Tisch neben dem ihren. Er hatte eine weltmännische Miene aufgesetzt und lächelte. Man hätte tatsächlich meinen können, er habe eben jemanden wiedererkannt. Er verbeugte sich vor dem Tisch (ein Schatten saß dort) und rief laut und im Ton meisterhaft gespielter Überraschung: »Ach, ist das nicht Madame Gordon-Bennett? Verzeihen Sie mir, teure Freundin, ich wusste nicht, dass Sie auch im Hotel weilen. Ludovic ist nicht sehr gesprächig, wie Sie wissen. Ich bin glücklich, Sie wiederzusehen. Nach San Sebastiàn, nicht wahr? Ich gedenke, heute Nachmittag zum Golf von Mont Agel hochzufahren. Sie könnten von meinem Auto profitieren. Ja? Sehr gut.« Worauf er, genauso altmodisch wie Victor Boucher, sich verneigte und die Hand küsste, die ihm die Leere entgegenstreckte. Ohne Zoya zu beachten (aber sie ließ ihn nicht aus den Augen, er war sich dessen sicher), glitt er – vielleicht allzu gekonnt, allzu Tanz- und Anstandslehrer – zum nächsten Tisch, dem von Lord Alberton. »Hallo, Lord Alberton, Sie großer Schneehuhnjäger vor dem Herrn. Betreiben Sie immer noch Gespensterzuchten am Ufer jenes schönen schottischen Sees? Sie wirken trist wie der Regen heute Morgen. Dabei sagte Prinz Edward gestern Abend, dass Sie …« Er unterbrach sich, da seine Phantasie ins Stocken geriet, und obschon ihm bewusst wurde, wie lächerlich er wirken musste, hüpfte er zu

Monsieur Blanc hinüber, mit dem er sich über den neuesten Klatsch aus dem Fürstenhof unterhielt. Es hieß, Seine Hoheit … man erzählte, dass der spanische Konsul … Jérôme redete und redete. Doch er war schon entmutigt. Das Spiel misslang, das heißt, es war nicht mehr als ein Spiel. Im strahlenden Mittagslicht fanden die Schatten keinen Halt, nahmen keine Gestalt an, wirkten nicht glaubhaft. Sie verblassten hinter Jérôme wie Sterne im Morgengrauen. Madame Gordon-Bennett war schon verschwunden. Der edle Lord ebenfalls. Mochte Jérôme auch gestikulieren, Hände schütteln, Krawatten bewundern, den einen oder den anderen um die Adresse seines Schneiders, seines Lederwarenherstellers bitten, er war dennoch weniger überzeugend als ein Ludovic, der vielleicht keine Phantasie besaß, aber immerhin ein echter Schauspieler einer einst aus der Realität entstandenen Komödie war. Doch seine Eitelkeit verbot ihm aufzugeben. Er führte seinen gesprochenen Walzer um die Tische herum fort, bis er, von seinem Schwung getragen, vor Madame Sernitch stand.

Zoya erwartete ihn. Sie fixierte ihn mit erstaunlicher Ruhe.

»Ich bin nicht die Baronin Honningen«, sagte sie mit klarer Stimme.

Und da Jérôme, aus der Fassung geraten, hilflos stehen blieb, fügte sie hinzu:

»Auch mich hat Ludovic mit seinen Erinnerungen beehrt.«

Sie brachen gemeinsam in Lachen aus. Sie erhob sich, und nun standen sie sich gegenüber, mit hängenden Armen, aber schon Verbündete – ein Paar, das gerade getanzt hat und durch das Verstummen des Orchesters mitten in einem Satz getrennt wurde. Dann ging sie auf die Terrasse hinaus. Jérôme folgte ihr. Ganz selbstverständlich setzte er sich neben sie. Sie hielt ihm wortlos einen Strang Wolle hin, der aufgewickelt werden musste. Er hatte schon eine Geschmacklosigkeit auf den Lippen: »Penelope …«, doch er hielt sich zurück und streckte die Hände aus. Diese Geste stimmte ihn sofort weich, denn er hatte sie nicht mehr ausgeführt seit seiner Kindheit, seit jenen Oktobertagen, da seine Mutter, nachdem sie die Früchte des Sommers fertig gepflückt und sie im Speicher in ihr Strohbett gelegt hatte, an den Winter, an den Nebel und an die Strickarbeiten zu denken begann.

»Was hätten Sie zu der Baronin gesagt?« fragte Zoya.

»Das kommt ganz darauf an, wie alt sie gewesen wäre …«

Mit einer schon müden kleinen Grimasse hielt sie ihn auf dem Weg der Gemeinplätze zurück.

Da sie beide nicht zu den Reisenden gehörten, die

nichts von einer berühmten Landschaft verpassen wollen , als deren allzu flüchtige Mieter sie sich fühlen, hatten sie sich mit dem Rücken zum Abgrund gesetzt. Vor ihnen lag nur die verblichene Mauer des Hotels und das Minarett, das ihnen die Sicht auf das Dorf nahm. Jérôme tat beim Abwickeln, als nähme er seine Aufgabe ernst. Er schwieg. Sie war es, die als Erste wieder das Wort ergriff – auch wenn sie sich hatte überwinden müssen, ein Schweigen zu brechen, in dem sich das Zirpen der Grillen und das dumpfe Dröhnen ausbreiteten, das wie ein fernes Echo des Lebens von unten heraufdrang.

»Was hat Sie dazu bewogen, hierherzukommen?«

Er setzte eine Miene auf, die interessant wirken sollte, schlug die Augen nieder, schlug sie wieder auf (er hätte gewollt, dass sie bedeutungsschwer waren und die Verheißung vertraulicher Mitteilungen enthielten) und sagte schließlich:

»Ich bin hierhergekommen, um ein paar Dingen zu entfliehen, die mir unangenehm waren.«

»Ich auch«, antwortete sie sehr rasch.

Doch ihre Stimme war dabei so ungekünstelt und ernst, dass Jérôme, ohne genau zu wissen, warum, sich seiner kleinen Finten schämte.

IV

Die Freunde aus Nizza, die Damen der Bar Cintra und meine Zigarettenlieferanten werden glauben, ich sei auf der Flucht. Doch wer wird sich darüber wundern? Heutzutage verschwindet man, ohne Spuren zu hinterlassen, müheloser als in den finstersten Jahrhunderten. Wir leben derzeit alle in isolierten Gefängnissen. Niemand würde sich vorzustellen wagen, dass ich mir den Luxus der Freiheit erlaubt habe.

Jérôme erwacht mit diesen Gedanken. Er hat Lust zu lachen, offen und unbekümmert zu lachen. Was ihm seit September 1939 nicht mehr passiert ist. Denn das Lachen, das man sich seither erlauben konnte, zählt nicht, das war höchstens eine kleine Vergütung für die Aufregung. Er lacht für sich und über sich selbst. Wenn er das dunkle Brot vom Frühstück, das gleiche wie gestern, genießbar findet, dann deshalb, weil er verliebt ist und dieser neue Zustand, auch wenn er die wohltuende Wirkung seiner strengen Einsamkeitskur gefährdet, jedes Bedauern, jedes Schuldgefühl auslöscht. Man würde lediglich die Realität dieser Liebe mit dem Irrealen des Ortes, an dem sie aufgekeimt ist, in Einklang bringen müssen. Das ist nicht unmöglich. Umso mehr, als er über Madame Sernitch, so natürlich sie sein mag, nicht viel weiß – was auch besser ist. Die Eigenheiten werden sich früh genug zeigen.

Wundern wir uns nicht, dass Jérôme verliebt ist. Er findet dadurch sein Gleichgewicht wieder. Mit unbeschäftigtem Herzen ist er nicht wirklich er selbst. Wundern wir uns auch nicht über eine so plötzliche Liebe. Ähnliches ist ihm öfter passiert. Mochten seine Leidenschaften auch überstürzt sein, sie waren deswegen nicht weniger tief, und auch nicht weniger aufrichtig. Jérôme gehört zu den Männern, die jede Begegnung mit einer Frau ganz ausleben wollen, jenen Männern, die zum Beispiel unbedingt heiraten möchten – und zwar jedes Mal. Da die Umstände sie davor bewahren, ihr Ziel zu erreichen, laufen sie schnell weiter, dem Absoluten nach. Don Juan war vielleicht ursprünglich ein Kandidat für die Treue, der bei seiner ersten Eroberung gescheitert ist.

Doch wie steht es mit Zoya, was denkt sie? Sie denkt zunächst, das dunkle Brot sei ungenießbar – der Beweis, dass sie sich noch unter Kontrolle hat. Im Gegensatz zu Jérôme gehört sie nicht zu denen, die ihre Kritikfähigkeit so schnell verlieren. Sie erinnert sich, dass auch sie verschiedene leidenschaftliche Liebesabenteuer erlebt hat. Doch das Leben (sie ist Slawin, das Leben ist für sie eine gewichtige Instanz) hat es übernommen, sie in die Reihe zurückzudrängen, und nun ist sie auf der Hut, fürchtet sich davor, auszuscheren. Die unleugbare Anwesenheit Jérômes in ihrem Innern beunruhigt sie kaum auf moralischer Ebene, sie beruft sich nicht auf die Ehre (diese Instanz ist bei allen Völkern der Welt aus der Mode gekommen), wägt nicht den möglichen Zorn ihres Ehemanns ab oder seinen Schmerz. Hingegen kalkuliert sie alle gesellschaftlichen Komplikationen, die ein solches Abenteuer, unvorsichtig angegangen, nach sich ziehen könnte. Es ist übrigens verzeihlich, dass sie an so etwas denkt. Es hat in ihrem Leben genügend Wirren gegeben, und sie sieht allzu viele womöglich kurz bevorstehende neue Komplikationen voraus, als dass sie sich beeilen würde, diese absichtlich anzuziehen. Ja, aber. Ja, aber. So sehr sie sich bemüht, die Vernunft sprechen zu lassen, die grausamen Bilder aus ihrer Vergangenheit zurückzuholen, sich zu sehen, wie sie frierend (so oft ist sie in der Nacht auf der Flucht gewesen, dass die Kälte ihr schlimmster Feind geworden ist) in Zügen sitzt, die durch den Kugelhagel fahren, in Passagierschiffen, die sich in einem Gymkhana einen Weg durch die Minenfelder suchen, so sehr sie sich bemüht, sich selber wieder hässlich, mit strähnigem Haar vorzustellen, schlimmer als eine jammervolle Kreatur aus einer Komödie, erbarmenswerter als Lilian Gish in *Gebrochene Blüten* – eine süße Wollust zwingt sie, sich im Bett zu räkeln. Doch sie fühlt sich noch stark, durch das Unglück vor dem Glück geschützt, und sie wiederholt für sich selbst: »Man kann sagen, was man will, ich finde dieses dunkle Brot weiterhin scheußlich.«

Ob sie dieses findet oder jenes findet, ob sich die beiden gut oder schlecht zur Wehr setzen, hat wenig zu bedeuten: Das Feuer in ihnen ist entfacht. Und die Einsamkeit schürt es mit seinem großen Atem der Phantasie. Fügen wir dem die noch unbewusste, aber schon aktive Komplizenschaft der Barcas hinzu. Diese aufkeimende Liebe, die sich in die Menge all der anderen unter den maurischen Spitzbögen angebahnten Idyllen einreiht, bedeutet vielleicht die Neubelebung des Hotels, seine erste Revanche für die Katastrophe. Gestern Nachmittag, als Jérôme und Zoya mit ihrem galanten Wolle-Aufwickeln beschäftigt waren, erschien Ludovic in einer fast neuen Alpakajacke auf der Außentreppe. (Wenn alles gut ging, würde er schon bald wieder sein weißes Jackett hervorholen). Er brachte den Tee. Niemand hatte ihn darum gebeten; mit dieser Initiative wollte er wohl seinen Respekt für das Protokoll der gesellschaftlichen Romanzen bekunden. Er servierte äußerst zeremoniell, in einem Schweigen, das die jungen Leute so stark beeindruckte, dass sie verstummten, als hätte man sie bei einer Verfehlung ertappt. Er schnitt die Zitrone in Scheiben und ließ dabei die gleiche Sorgfalt walten wie bei einem Stück Fleisch, das aus seinem metallenen Katafalk gehoben wird. Dann murmelte er nach einem Augenzwinkern: »Ich habe eine Überraschung für Madame und Monsieur. Milch! ...« Das war vermutlich sein erster Verstoß gegen die Verordnungen, seine erste Errungenschaft vom Schwarzmarkt, und er wollte, dass man seine Kühnheit würdigte. Auch bei den Mahlzeiten gab es eine Veränderung. Nicht beim Essen, das immer gleich mittelmäßig war, sondern in der Art, wie es präsentiert wurde. Jedes Gericht, auch das banalste, kam auf einem Gemüsebett, einem Sofa aus Feigenblättern auf den Tisch. Die Petersilie wurde zu einer Klöppelspitze, das Radieschen zu einem Diamanten in einer rosa Blütenkrone. Die Blumen wurden häufiger gewechselt, und die Aushilfskellnerin lernte die schwierige Kunst, die Buketts in den Vasen anzuordnen. Die Speisekarte war ein Feuerwerk der Phantasie; die Karotten wurden mit dem Wort Creme, die grünen Erbsen mit dem Namen Pompadour geadelt. Wäre es in seiner Macht gestanden, hätte Ludovic Madame Sernitch ein Entremets und Jérôme eine Blätterteigpastete angeboten. Etwas weniger mit seiner Liebesstrategie beschäftigt, hätte Bourdaine sich an Barcas züchtige Äußerung erinnert: »Unsere Salons waren Familiensalons«, und er hätte gedacht, der Mann hat mich zum Besten gehalten, denn es wurde ziemlich klar, dass die Rolle des Dieners in einer Komödie, Abbild der Erfolge seines Meisters, ihm viel vertrauter war als die Rolle eines Wächters der Enthaltsamkeit, eines öffentlichen oder privaten Hüters der Tugend. Madame Barca unterstützte ihren Mann bei diesem Unternehmen nach Kräften. Sie wurde zum Kundschafter und dann zum Kurier. Was Jérôme ihr anvertraute, sagte sie Zoya weiter und umgekehrt. Das ging schneller als die Post, war zeitsparend. Jérôme erfuhr sogar viel mehr, als er wissen wollte; zum Beispiel, dass Sernitch der dritte Ehemann Zoyas war. Welche ihrerseits erfuhr, dass Jérôme vor dem Krieg viel Geld mit der Vertretung einer Automobilmarke verdient hatte, dass er seinen Beruf nicht liebte, dass er zur Zeit von seinen Rücklagen lebte und diese so lange reichten, wie sie reichten.

Während ihrer beider Leben sich lichteten, blieb dasjenige des Ehemannes genauso farblos, genauso eintönig mysteriös. Jérôme verspürte nicht den Wunsch, ihn kennenzulernen. Jeden Abend schloss er sich um zehn Uhr in sein Zimmer ein. Eine Viertelstunde später hörte er durch das Treppenhaus Stimmengeräusche heraufdringen, gefolgt von dem Paar. Er hätte nur eine Bewegung machen, die Tür öffnen müssen, um zu wissen, mit welchem Gegner er es zu tun hatte, doch aus falscher Gleichgültigkeit verweigerte er sich diese Geste. Die Schritte glitten über den Teppich (hatte Zoya einen Blick auf die geschlossene Tür geworfen?), das Geräusch erstarb. Die Sernitchs bewohnten ein Zimmer am Ende des Korridors. Jérôme war es lieber so. Eine direkte Nachbarschaft von Wand zu Wand hätte ihn in die missliche Lage gebracht, unerträgliche, in gewisser Hinsicht enttäuschende oder schmerzliche intime Gespräche, das Rascheln von Seide oder das Geräusch von zu Boden fallenden Schuhen zu hören.

Eines Morgens fragt ihn Zoya, ob er das Dorf schon besichtigt habe, vor allem das berühmte Tropaenum Alpium, das im Rücken des Hotels seine Krone zum Himmel reckt. Nein, seine Spaziergänge haben ihn immer nur nach rechts, zu den kahlen Bergkämmen geführt. Das Tropaenum genügte ihm als Kulisse. Was das Dorf anbelangt, so hat er sich ihm absichtlich ferngehalten, da er befürchtet, durch das Café du Commerce oder die Aushänge des Zeitungshändlers ins Leben zurückgerufen zu werden. Zoya macht sich über seine Vorsicht lustig und überzeugt ihn, einen Ausflug zu diesen belebten Orten zu wagen. Beim Verlassen des Hotels bricht sie einen Stängel wilden Fenchel ab und beginnt daran zu kauen.

»Ich liebe diesen starken, bitteren Geschmack«, sagt sie.

Jérôme blickt auf ihre Lippen und lächelt, ohne zu antworten.

Kurz darauf überkommt ihn Rührung, denn das Dorf enttäuscht ihn nicht. Alles daran gehört der Vergangenheit an. Sogar das Café du Commerce, das auf einem scheinbar erst gestern angebrachten, blitzsauberen Schild verkündet, Théodore de Banville habe hier ein Bockbier getrunken. Jérôme und Zoya laufen durch die Gassen und tun so, als würden sie sich darin verirren, was nicht schwierig ist. Es ist ein sehr altes, unberührtes Dorf, das die Hotelgäste von gestern zwischen zwei Fahrten mit der Zahnradbahn vermutlich nicht beachtet und die Maler von heute noch nicht entdeckt haben. Es ist in einen kühlen Halbschatten getaucht, wie man ihn in einer Höhle antrifft. Man geht unter Gewölben durch, wie in den arabischen Dörfern. Die Gassen haben alle alte Namen. In der Rue du Ghetto sagt Jérôme mit lauter Stimme: »Man könnte meinen, eine Inszenierung für ein Renaissancedrama. Es ist wohl ganz natürlich, dass hier in der Nacht irgendein Romeo erdolcht wird …« Zoya unterbricht ihn: »Sie sind ein Schwarzseher, Jérôme. Sie verbringen Ihre Zeit damit, Schatten zu erfinden. Meinen Sie nicht, wir haben schon genug davon im Hotel? Und jetzt bringen Sie auch die Jahrhunderte durcheinander, das von Ludovic Barca und das von Ludovic Sforza.« Doch schon zieht Jérôme sie weg von der sonnenbeschienenen Mauer, an die sie sich lehnt, drängt sie in den Schatten zurück und presst sie an sich.

In der Rue du Ghetto gibt sie ihm den ersten Kuss. Den zweiten verdankt er der Erhabenheit der römischen Ruine, welche die junge Frau in einen seltsamen Zustand von Demut und Furcht zu versetzen scheint. »Es schmerzt mich«, murmelt sie, »wenn ich Ruinen sehe. Sie erinnern mich an allzu viele Dinge.« Der Wärter schließt ihnen die Tür zum kleinen Museum auf und lässt sie dann allein, denn sein Gemüsebeet ruft. An der Wand sind Rekonstruktionen des Tropaenums zu sehen, wie es sich in seinem früheren Glanz präsentiert haben musste. Jérôme spielt den Gelehrten.

Er sagt:

»Es ist sehr schwer zu bestimmen, was vom ursprünglichen Monument geblieben ist. Die Sarazenen hatten aus dem Tropaenum einen Wachturm gemacht.«

Doch er denkt:

»Ich finde sie gar nicht so slawisch. Abgesehen vom

Akzent natürlich. Da sieht man wieder, dass man den Romanen und den Zigeunerromanzen nicht trauen soll. Zoya ist überhaupt nicht der schmachtende Typ. Und das ist besser so. Sie ist die natürlichste und spontanste Frau, die ich je gekannt habe. Sie spielt keinerlei Komödie. Ich bin sicher, dass sie mir ruhig antworten würde, sie könnte mich lieben, wenn ich sie fragte. Man soll mir nicht mehr mit Leidenschaften kommen, die im Nebel beginnen. Die beständigsten Liebesbeziehungen sind jene, die im Licht entstehen und nach Licht verlangen.«

Sie sagt:

»Ich bin nicht Ihrer Meinung. Die Zeichnungen sind ziemlich klar. Sehen Sie die aufeinanderfolgenden Veränderungen. Die Römer hatten aus ihrer Trophäe nur einen Meilenstein gemacht, monumental, aber nutzlos. Er war im Grunde eine Machtdemonstration. Bei den Sarazenen hingegen stand der Nutzen im Vordergrund ...«

Aber sie denkt:

»Zermartern Sie sich nicht das Hirn, lieber Junge. Sie gefallen mir. Sie haben mir vom ersten Abend an gefallen. Sie glichen einem Kind, wie Sie an Ihrem Tisch saßen. Ich weiß noch nicht, welches Spielzeug man Ihnen weggenommen hat, doch ich werde es eines Tages wissen. Denn Sie werden mir alles sagen. Sie brennen schon darauf, mir Ihre Kindheitserinnerungen zu erzählen, mir von Ihrer Mutter zu berichten, die Ihre beste Freundin geblieben ist, und von Ihrem besten Kameraden aus dem Gymnasium, der Sie enttäuscht hat, als er erwachsen wurde. Alle Männer machen die gleichen Geständnisse, möchten die gleichen Erinnerungen teilen. Wohlverstanden: Das ist nicht langweilig. Langweilig ist nur der Mangel an Phantasie. Und Phantasie haben Sie im Überfluss, da bin ich sicher. Dieser Phantasie wegen werden Sie leiden und versuchen, mich leiden zu lassen.«

Er sagt:

»Sehen Sie die Schwalben, die oben um das Tropaenum kreisen. Es ist, als ob sie es aufschrauben wollten.«

Sie lacht. Er denkt:

»Sie hat ein angenehmes Lachen. Sie hat seit gestern Abend drei Mal das Kleid gewechselt.«

Sie denkt:

»Er küsst nicht schlecht.«

Doch sie sagt nur:

»Jérôme, mein kleiner Jérôme.«

Kurz, ihre Geschichte schien auf dem besten Weg zum banalsten Ehebruch. Es wäre normal gewesen, dass Jérôme in den folgenden Tagen einen hinreichend schicklichen Vorwand gefunden hätte, um Zoya in sein Zimmer zu locken. Doch er suchte diesen Vorwand nicht, denn er war wirklich verliebt und baute sich, in Träumen schwelgend, schon eine Zukunft auf. So ist es häufig mit denen, die das Absolute lieben: Sittsam aus Respekt und Aberglauben, setzen sie auf die Zukunft und erhalten sich diese. Zoya hatte ihn geküsst. Dies nahm für ihn die Bedeutung eines Geschenks an, das vollkommener war als die Hingabe des Körpers. Er beschloss ganz ernsthaft, dass sein provisorisches Leben endlich zu Ende sei. Seit August 40 war ihm jeder Vorwand – patriotischer, eigennütziger, sentimentaler Art – recht gewesen, um an der Sonne der Promenade des Anglais träge in den Tag hineinzuleben, wie die anderen. In den Monaten des Wartens hatte er jenes höchste Glück der Jugend wiedergefunden (das ihr niemand abspricht, ihr jedoch nie wirklich bewusst ist): keine Verantwortung zu haben. Mit dem Unterschied, dass nicht mehr sein Vater oder seine Mutter über seinen Zeitplan, seine Speisekarte und seine Ausgaben bestimmten, sondern die Sonne oder der Regen, die Oberkellner oder das Glück im Kasino. Doch nun war es mit dieser Trägheit vorbei. Die Anwesenheit einer Frau ließ ihn wieder zum Mann werden. Zoyas Ausländerstatus (und womöglich andere praktische Schwierigkeiten, die er vage erahnte) würde sie vielleicht daran hindern, nach Paris zurückzukehren. Doch warum Paris? Jérôme musste nur den Versuchungen seines Metiers entfliehen. Es genügte, wenn er Nizza verließ. Nizza verlassen, das war das Wichtigste. Vor allem nicht wieder mit dem Herumschlendern beginnen, vor allem dem leichtsinnigen Spielteufel widerstehen, der um fünf Uhr die grünen Tische abgrast. An diesem Punkt seiner Überlegungen – er wusste nicht, warum – dachte Jérôme immer an das Haupthindernis, den Ehemann. Denn über den Rest, das Positive, Beunruhigende und Vernünftige an der Sache, das heißt unter anderem das Vertrauen, das er in eine so plötzliche Liebe setzte und den ebenso plötzlichen Entschluss, sein Leben mit dem einer fast Unbekannten zu verbinden, mit diesem Leben zu spielen, wie man die letzten zwanzig Francs auf die Null setzt, darüber machte er sich keine Gedanken. Er war echt und ernsthaft in seiner Leidenschaft. Wenn eine innere Stimme zu bedenken gab, dass er möglicherweise das Opfer der Umgebung und der Stimmung sei, dass ihm – dem Emigranten der Wirklichkeit – in seinem Schlupfwinkel, wo noch die romanhafteste Entführung ohne Weiteres normal erscheinen konnte, die Logik abhanden gekommen sei und er riskiere, seine Torheit zu erkennen, sobald er mit Zoya am Arm im unerbittlichen Licht der Städte stünde, gab er zur Antwort, es sei für ihn im Gegenteil absolut notwendig, sich aus der Verzauberung zu lösen, denn Zoya habe ihm die Augen geöffnet.

Der Ehemann existierte, ob man es wollte oder nicht. Er existierte so real, dass Jérôme sogar gegen seinen Willen seine Bekanntschaft machen musste. Sernitch kam eines Abends früher als üblich aus Monte Carlo zurück. Die beiden Hotelgäste hatten eben ihre Mahlzeit beendet und waren aufgestanden, um sich auf der Terrasse zu treffen. Als er hereinkam, erschien auf Zoyas Gesicht ein Ausdruck von Panik, der Jérôme schmeichelte und ihn zugleich verzweifeln ließ. Er ging rasch auf die Terrasse hinaus. Durch die großen Glasfenster hindurch konnte er das Paar beobachten. Es war natürlich, dass Sernitch ihm missfiel, doch er hätte auch jemandem missfallen, der weniger voreingenommen war. Er war klein, etwa vierzig Jahre alt und mit übertriebenem Luxus und größter Eleganz gekleidet. Man konnte über die Breite seines Revers, seine schrille Krawatte und das taillierte Jackett lächeln. Seine Haare und Augenbrauen, außergewöhnlich braun und dicht, verliehen ihm ein unheimliches Aussehen. Das geringste Lächeln hätte in seinem Gesicht wie ein maskenhaftes Grinsen gewirkt. Die weit abstehenden Ohren erklärten Jérôme, warum Madame Barca ihn mit einer Fledermaus verglichen hatte. Monsieur Sernitch ließ sich das Abendessen servieren. Er aß schnell, ohne mit dem

Rauchen aufzuhören, und er ging dabei so verschwenderisch um mit seinen Zigaretten, die er, kaum geraucht, wegwarf, um sich sogleich eine neue anzuzünden, dass noch der unerfahrenste Polizeiinspektor aufgemerkt hätte. Zoya schien ihrem Mann zahllose Fragen zu stellen. Nie hatte Bourdaine sie so lebhaft gesehen, nicht einmal im Eifer der Diskussionen über die Unsterblichkeit der Seele oder andere pseudophilosophische Themen, in die er sie glaubte verwickeln zu müssen, da sie schließlich *trotz allem* slawisch war. Er hatte den unangenehmen Eindruck, eine andere Frau, eine andere weibliche Natur zu entdecken, die nicht mehr von der Lust zu lieben und dem Verlangen zu gefallen in Atem gehalten wurde. Doch schnell verscheuchte er diesen Gedanken wieder, mit Absicht naiv oder weil er sich nicht ganz banal sagen wollte: »Die meisten Paare sind nach zehn Jahren an diesem Punkt angelangt, wenn die Leidenschaft sie nicht mehr jeden Morgen neu macht.« Sernitch antwortete nicht, oder kaum. Nur einmal schien ihm ein lustiger Gedanke zu kommen, er brach in Lachen aus (das Lachen stand ihm besser als das Lächeln, es ließ einen nachdenklich werden und glauben, er sei vielleicht lediglich ein braver Kerl, der mit dem Aussehen eines Verräters in einem Theaterstück geschlagen war) und zog ein Papier aus der Tasche, das er Zoya zeigte. Sie lachte ihrerseits. Worauf Sernitch aus seiner Brieftasche weitere Papiere hervorholte, sie auf dem Tisch ausbreitete und aufmerksam zu studieren begann. Jérôme dachte, es handle sich um seine Arbeit. Eine recht mysteriöse Arbeit, über die Zoya nichts sagte.

Sernitch erhob sich. Er näherte sich der Terrasse, gefolgt von Zoya. Die Glastür ging auf, und Jérôme hörte, wie er sagte:

»Es wäre besser, wenn Kobedski ebenfalls hier herauf zöge, meinst du nicht?«

Zoyas Stimme tönte in der Nacht merkwürdig, übermäßig schrill:

»Oh nein!«, sagte sie. »Mit Kobedski müssten wir sofort das Hotel wechseln. Ich kenne ihn. Mir ist lieber, er bleibt unten.«

Dieser fast vehemente Protest löste in Jérômes Herzen einen Sturm aus. Zoya drohte vielleicht die Abreise. Er begriff, dass er noch schrecklich weit entfernt war von ihrem wirklichen Leben. Zweifellos lasteten Ketten auf ihr, man erahnte sie. Zoya war von ziemlich beunruhigenden Schatten umgeben. Um sie ans Licht zu holen, sie zu befreien, würde er sie am besten möglichst rasch wegbringen.

Sie hatte ihn bemerkt. Sie rief ihn, stellte die beiden Männer einander vor. Monsieur Sernitch bot Jérôme sogleich eine Zigarette an. Tat er es nicht vor allem, um ein Streichholz anzuzünden und sein Gesicht besser sehen zu können? Dann bestand er darauf, dem Freund seiner Frau einen erstklassigen Weinbrand zu offerieren. Auch Zoya trank ganz gern, Jérôme hatte es schon bemerkt. Er machte sich liebenswürdig über ihre »Trunksucht« lustig, da sie sehr rasch ein zweites Glas leerte.

»Sie sagt, es sei das einzige Mittel, die Kälte zu vertreiben«, rief Sernitch, »eine merkwürdige Kälte, die sie plötzlich grundlos überfällt, sogar mitten im Sommer.«

Zoya seufzte:

»Du weißt genau, weshalb mir kalt ist.«

»Ja, ja«, fuhr der Mann in leicht gereiztem Ton fort, »es ist wie eine moralische Kälte. Sie nennt es die Kälte der Erinnerungen.«

Er wandte sich an Jérôme:

»Monsieur Bourdaine wird uns für sehr slawisch halten!«

Dann brach er plötzlich in Lachen aus:

»Wir sind hier in den warmen Ländern, meine Liebe. Den Ländern des Vergessens, sagt man.«

Darauf machte er übergangs- und zusammenhangslos einen absurden Kalauer mit dem Wort »warm«, über den Jérôme aus Anstand lachte und den er sogleich wieder vergaß. Monsieur Sernitch hörte nicht mehr auf zu reden. Er erzählte liebend gern Geschichten. Er gehörte zu jener fürchterlichen Sorte von Leuten, die, um die Armseligkeit ihrer Unterhaltung zu verhüllen, ihren ganzen Vorrat an privaten Anekdoten, galanten Abenteuern oder Marseillerwitzen hervorholen, mögen sie noch so abgegriffen sein. »Kennen Sie diesen? Kennen Sie jenen?« Wie ein Rosenkranz. Von Perle zu Perle und von Lacher zu Lacher quält man sich zum Ende eines Abends durch. Sernitch glaubte wohl, das wirke besonders »französisch«. Unbekümmert ahmte er mit zentraleuropäischem Akzent eine Figur aus einem Pagnol-Film nach.

So verging eine Stunde. Jérôme fragte sich, ob Zoya, unsichtbar im Schatten, peinlich berührt war, ob sie vor Scham zitterte, vor Langeweile gähnte. Er sah ihr Gesicht erst, als sie wieder in die beleuchtete Hotelhalle trat, doch es war das Gesicht eines geblendeten, eines aus dem Nest gefallenen Vogels. Sie drückte seine Hand. Und diese Geste war für Jérôme der Schlüssel zu einem glücklichen Schlaf.

Als er sie am nächsten Tag sah, fragte er sie sofort: »Wer ist dieser Kobedski?«

»Der Partner meines Mannes«, antwortete Zoya ganz ruhig.

»Warum wollen Sie nicht, dass er hierherkommt?«

Sie ließ ihre langen Wimpern spielen, und ihr Blick wurde zuerst zärtlich und dann spöttisch.

»Ich könnte Ihnen antworten: ›Um mit Ihnen allein zu bleiben.‹ Aber das wäre nicht ganz wahr. Kobedski ist zu sehr mit seinen Angelegenheiten beschäftigt, um sich für mich zu interessieren. Der wahre, der einzige Grund ist der, dass ich seine Unruhe verabscheue. Er kann nie an einem Ort bleiben. Kaum hat er ein ordentliches Zimmer, eine angemessene Wohnung gefunden, muss er umziehen. Obschon er nichts zu verbergen hat außer seiner Geldgier oder der Leere seines Geistes, glaubt er, man verfolge ihn ... Der alte Wahn eines Vertriebenen wahrscheinlich ... Er sagt selbst, er würde gerne in einem Schlafwagen wohnen.«

Nach dem Mittagessen entführte Jérôme Zoya auf den Höhenweg. Er lud sie ein, sich unter einen Feigenbaum zu setzen, und führte aus, was er sich am Morgen vorgenommen hatte: ›Ich werde sie küssen und sie dann fragen, ob sie mich mehr lieben als ihren Mann.‹ Zoya erwiderte den Kuss, wie er es sich gewünscht hatte, ließ ihn jedoch die Frage wiederholen: »Lieben Sie mich mehr als Ihren Mann?« Sie schien erstaunt und antwortete ruhig, mit einer heiteren Schamlosigkeit: »Mein Mann ist nur ein Kamerad.« Da gestand er ihr fröhlich seine großen Pläne. Sie würde mit ihm fortgehen. Er spürte, dass ihr Leben keine klare Linie hatte, ohne Erwartungen war. Er sagte ihr alles, was man mit den erhebenden und unbekümmerten Worten von früher sagen konnte: Jeder Mensch wartet auf sein Glück, doch nicht immer begegnet er ihm, sie hatten das ihre usw. usw.

»Das Glück«, murmelte sie leise.

Sie war ganz blass geworden.

»Sprechen Sie nicht von etwas, was Sie nicht kennen.«

Sie bemühte sich, ihre Ungezwungenheit wiederzugewinnen, jene Ruhe eines stillen Wassers, das Geheimnis ihrer Anmut, und fuhr fort:

»Hören Sie, Jérôme, wir müssen aufhören mit diesem Spiel. Ja, es ist ein Spiel. Sie wollen mich entführen, mich vielleicht zur Scheidung bewegen – denn Sie sind kleinbürgerlich (ich mache mich nicht lustig) – und mich heiraten? Ich antworte Ihnen mit einem Nein. Und Sie werden nicht weiter in mich dringen. Wir haben das Licht einiger Tage, einiger Wochen vor uns. Nach so manchen Schicksalsschlägen habe ich mir angewöhnt, mir keine Fristen mehr zu setzen, die über diesen Zeitraum hinausgehen. Ich liebe Sie, Jérôme. Und das ist schon viel. Ich hatte lange kein Herzklopfen mehr, vielmehr lebte ich in einer drückenden Erwartung, fühlte mich nutzlos …«

»Sie erwarteten etwas! Sie sagen es selbst.«

Auf ihrem Gesicht erschien ein seltsames Lächeln, das kein wirkliches Lächeln war:

»Machen Sie nicht kompliziert, was einfach ist … Was bieten Sie mir an? Ein Abenteuer.«

Er stieß einen Schrei aus.

»Doch, ein Abenteuer. Wenn es sein muss, werde ich Ihnen erklären, warum ich glaube, dass es ein Abenteuer ist. Ich jedoch, verzeihen Sie mir meine Offenheit, brauche nur Sicherheit. Sie wissen nicht, was Glück ist, ich sagte es Ihnen vor einer Minute. Glück bedeutet nicht nur zu lieben, Glück bedeutet, in einer Umgebung zu lieben, die man einem nicht wegnimmt und die kein Brand auslöscht, kurz, in der Freiheit zu lieben.«

»Ich biete Ihnen nichts anderes, Zoya.«

Sie blickte ihn an, das Kinn nervös zusammengepresst:

»Was wissen Sie denn schon?«

Sie war plötzlich eine andere Frau, und Jérôme spürte ihre dunkle Überlegenheit. Sie gab die Vorteile jener Anmut auf, die sie so mühelos außerhalb der Wirklichkeit platzierte, sie war nicht mehr nur eine Seele. (Eine Seele, lieber Jérôme, das ist es, was Sie unbewusst liebten. Zoyas Körper zog Sie an, gewiss, doch weniger als eine gewisse ideale Form von Besitz, die Sie noch bei keiner anderen Frau begehrt hatten: Mit ihr war es, als könnten Sie das Unmögliche zustande bringen, eine Wolke einfangen, in der dunkelsten Nacht ein Stück blauen Himmel bewahren …) Selbst ihr Gesicht wurde anders, ohne sich zu verändern. Es war ernst, spiegelte wer weiß welche schmerzlichen Erfahrungen wider. Dieser Mund, das wurde klar, hatte nicht nur gelächelt, nicht nur Küsse gekostet. Zoya erlebte wohl jene entscheidenden Minuten, die auch dem Zaghaften nicht immer erspart bleiben, jenen Moment, wo das beginnt, was man gemeinhin das Menschliche nennt. Die Gegenwart zählte nicht: Zoya war von ihrem früheren Leben abhängig und weigerte sich, sich davon zu lösen. Doch diese Unnachgiebigkeit war wohl auch für sie selbst hart, denn sie versuchte, einen milderen Ton anzuschlagen:

»Seltsamer Liebesdialog, mein Freund! Wie Sie sehen, verseucht diese giftige Zeit sogar die Liebe ...«

Sogleich dachte sie: »Hübscher Satz, hübsch und lächerlich.«

»Alles ist so ungewiss, Jérôme. Nicht nur die ganz alltäglichen Dinge wie Nahrung und Kleidung, sondern auch unser Weltbild. Welche Form wird diese Welt morgen annehmen? Ich bin überzeugt, dass mit dieser Frage im Kopf niemand etwas aufbauen oder verwirklichen kann.«

Er hörte ihr zu, und es war, als ob er seine eigenen häufig unterdrückten Worte hörte, den Ausdruck einer Verzweiflung, die er sich nicht eingestehen wollte, die ihn jedoch manchmal überfiel, wenn er an gewisse

Dinge dachte, nicht unbedingt an die jüngste Katastrophe – deren unmittelbare Folgen klar waren –, sondern an den Moment der Abrechnung: Er spürte, dass er gemeinsam mit allen Männern und allen Frauen der Welt, mit allen Zivilisationsformen (oh eindrucksvolle Flucht nach Ägypten!) an eine Wegbiegung gelangte: Würde man jenseits davon nackt leben, würde man sich von Gras, von Fleisch ernähren, würde vor allem die logische oder die erworbene Ordnung des Denkens herrschen? Ja, Zoya hatte recht, sogar die Liebe war zersetzt, genau wie alles andere. Auch wenn sie für einige Privilegierten die letzte einsame Insel blieb, ähnlich wie das Hotel La Turbie, so vermochte dennoch kein heute verwirklichtes Glück, sofern es echt war, das Schuldgefühl zu verdrängen, sich seines Erfolgs nicht ein wenig zu schämen angesichts so vieler getrennter Paare, so vieler eingesperrter oder für immer einsamer Herzen.

»Sie sollen wissen, wer ich bin«, sagte Zoya.

Wer sie war, das bekannte sie, ohne große Worte zu machen. Ein ganz banaler Fall, betonte sie ohne jede Koketterie. Sie wurde von einer Art Verhängnis verfolgt, das sie, kaum begann sie sich an einem Zufluchtsort sicher zu fühlen, wieder davon losriss. Ihre Kindheit war von der russischen Revolution geprägt gewesen. Der Hass hatte sie aus ihrem Geburtshaus in Kiew vertrieben, der Tod ihrer Eltern hatte sie aus Konstantinopel vertrieben, das Elend hatte sie aus Deutschland vertrieben. Eine Zeit lang hatte Paris ihr erlaubt, wieder zu Atem zu kommen. »Dort habe ich gelernt, mich zu kleiden«, sagte sie, »und auch zu lachen – denn ich hatte noch keine Gelegenheit dazu gehabt …« Dann hatte der Reigen von Neuem begonnen, diesmal auf der Gefühlsebene. Nachdem sie zwei Mal durch den Verrat ihrer zwei Ehemänner von ihrem Heim vertrieben worden war – der erste verriet sie mit dem Alkohol, der zweite mit den Frauen –, war sie mit Sernitch, dem dritten, nach Polen gegangen. Das dauerte zwei Jahre, gerade lang genug, um wieder Geschmack am Schnee zu finden. Der Krieg verschlug sie nach Finnland, wo sie barfuß anlangten, zum Glück vor dem Anfang der Regenperiode, und dann nach Schweden und erneut nach Paris. Das Unglück hatte sie wider Erwarten innerhalb der Mauern der am besten geschützten Stadt der Welt eingeholt. Und jetzt? Das Leben in Hotels, die mürrischen Stationen auf dem Ausländeramt, unlösbare Probleme mit der Arbeitsbewilligung, die nie ganz ausgepackten Koffer, die nie ganz verlorene Angst. Mit fünfzehn Jahren war dies noch gut zu ertragen, bisweilen sogar pittoresk, mit beinahe dreißig aber weit weniger. Zoya war müde. Sie gab es unumwunden zu: Diese aufkeimende Liebe war wie eine Rast zwischen zwei erschöpfenden Wettläufen. Denn morgen, ach, morgen ...

Ihre Geschichte verströmte den Duft einer schon bekannten Romantik: der Romantik der Emigranten. Zwanzig und mehr solche und ähnliche Geschichten hatte Jérôme gehört, als er, kaum dem Jugendalter entwachsen, in Paris die russischen Kreise frequentierte, um, wie so viele andere junge Männer, den Wind der Fremdheit um sein Herz wehen zu lassen. Frauen, hoch aufgeschossen und blond wie Ähren, junge Männer, vorzeitig kahl geworden, doch stets lächelnd, erzählten in Moll die Schrecken, die sie erlebt hatten. Man hörte ihnen ruhig zu, während man – wie amüsant – Tee aus Gläsern trank. Und diesen gefahrlosen Schauder suchte man in möblierten Zimmern im sechsten Stock, zwischen einem Grammophon und einer Ikone zweifelhafter Herkunft. Vor zehn Jahren, um 1930, war das alles übrigens schon veraltet. Die Zeit war vorbei, da man Taxifahrer mit *Hoheit* ansprach oder den Kellnerinnen, die einem in einem Bistro der Rue des Écoles oder des Quartier de la Santé einen Borschtsch servierten, die Hand küsste. Die erste Generation des Exils war im Aussterben begriffen. Und der Rest dieses ernüchterten Volkes, das den berühmten Modeschöpfern die schönsten Mannequins und den Kolumnisten und Bühnenautoren die tragikomischsten Themen geliefert hatte, assimilierte sich, französisierte sich. Doch aufgrund des Zeitgeschehens, eines inzwischen beinahe universalen Zeitgeschehens, lebte diese Unglücksromantik seit ein paar Jahren wieder auf. Und sie schien sich sogar noch zu steigern an Gewalt, Trümmern und sittlichem Verfall. Als sich das Drama gegen Ende der Dreißigerjahre bei den Nachbarn abspielte, empfand man natürlich Mitleid, doch nur wie für einen Passanten, der auf der Straße einen Herzstillstand erleidet: Man vergaß es vor der abendlichen Suppe in der warmen Stube, oder man sprach in der Kneipe darüber und nahm dabei eine »geistvolle Haltung« an, das heißt, man bezog mutig außerhalb der Realität Stellung. In jener ruhigen Welt, in der jeder seinen festen Platz hatte und allen Ernstes überrascht war, dass es noch Landstreicher oder Arbeitslose gab, konnte man nicht wissen, oder wollte man nicht wissen, wie viele Menschen schon verfolgt waren. (Und doch würde diese Menschenjagd die große, die unerträgliche Erinnerung an diese Zeit bleiben – ein schöner Abschnitt der Geschichte, nicht wahr?, in den Lehrbüchern der Zukunft ...). Unser eigenes Unglück war nötig gewesen, unser eigener Exodus, die Matratzen auf den Autodächern, die Frauen, denen man ihre Kinder aus dem Arm gerissen hatte, eine Armee, die aus dem Staub des Rückzugs hervorkam und am Horizont jenseits der Dörfer in einem anderen Staub verschwand, der sie verschluckte, der sie vollends sich selbst, das heißt ihrer Macht entzog – so viele private oder öffentliche Tragödien waren nötig gewesen, bis wir zu begreifen begannen, dass wir das Unglück der anderen, die Exile, die dem unseren vorangegangen waren, falsch verstanden hatten. In dieser Romantik wurden für Jérôme Leute wie die Sernitchs zu Veteranen. Die Lehre, die sie ihm erteilten, erteilten täglich alle Verfolgten der Welt: Unter der scheinbaren Leichtigkeit, hinter dem Wunsch, das Unglück zu bezwingen, blutete die Wunde, und diese Wunde wurde bei der ersten Gelegenheit sichtbar, begleitet von dem stets quälenden Bedauern, kein festes Dach über dem Kopf zu haben, der tragischen Sehnsucht, die sie zwanzig Jahre lang hatten nähren können (und sie schwelgten und gaben das Geld mit vollen Händen aus, doch merkwürdigerweise richteten sich nur wenige ein, kauften nur wenige Land, als ahnten die meisten, vom Schicksal geprägt, dass eine weitere Flucht nach vorn sie eines Tages erneut davon losreißen würde …) – der Sehnsucht nach einem noch so hässlichen Stück eingezäunten Land in der Vorstadt, dem wunderbaren Beweis für Verwurzelung.

»Denn morgen, ach, morgen …«

Zoya wiederholte die Worte voller Bedrückung. Die ganze Freude des Vormittags und der Küsse war verflogen.

»Ich bin jetzt wie Sie«, sagte Jérôme ehrlich und ernst, »ohne Haus, ohne Familie.«

»Nein«, antwortete sie sogleich, »nicht wie wir, die Fremden! Wir haben in euren Augen den exotischen Charme verloren, der euch sogar euren Landsmänninnen gegenüber ungerecht machte. Wir fallen euch zur Last. Ihr seht nur noch unsere Fehler. Nicht Sie natürlich, aber trotzdem ...«

Er begriff, was sie befürchtete, auch wenn sie sich nichts vorzuwerfen hatte.

»Genau«, rief er aus, »ich sehe in dieser Zukunft, die Sie beunruhigt ...«

»Zu Unrecht?«, fragte sie mit dem Lächeln einer vornehmen Dame.

Er stammelte:

»Ich weiß es nicht. Wie soll ich es wissen?«

Nach einem langen Seufzer fuhr er fort:

»Ich sehe darin zusätzliche Gründe, Sie zu heiraten, Zoya, ich werde Sie gut beschützen.«

»Nein«, sagte sie und schüttelte den Kopf, wie einem geheimen Gedankengang treu, der im gleichen Moment in ihrem Inneren ablief (und gegen den alle Schreie Jérômes nicht ankommen würden), »nein, ich kann meinen Mann nicht verlassen. Ich habe es Ihnen zu verstehen gegeben, und sogar so deutlich, dass Sie mich für hartherzig halten mögen: Was mich bei ihm festhält, ist nicht Liebe. In ruhigeren Zeiten hätte ich wahrscheinlich nicht gezögert, Ihnen zu folgen. Mein Mann und ich haben nur das Unglück gemein. Doch das ist eine sehr starke Verbindung, glauben Sie mir. Verzeihung, wenn ich zynisch bin, und Verzeihung, wenn ich davon ausgehe, dass mein Mann mich besser beschützen wird als Sie. Sie haben keine Familie, sagen Sie, doch denken Sie nur an Ihren Atavismus des glücklichen, unbeschwerten Mannes! Er ist stark, strenger als eine Mutter, der man eine Schwiegertochter aufzwingt. Ob sich die Lage verbessert oder nicht, ich werde für Sie immer die heimlich gepflückte Frucht bleiben, die man im Speicher versteckt, um sie nicht dem Wetter oder dem Begehren der Vorübergehenden auszusetzen. Ob sich die Lage verbessert oder nicht, ich werde für Sie die Frau des Zufalls bleiben, und nicht die Frau der Wahl. Während mein Mann ... Er ist durch die gleichen Bedrohungen mit mir verbunden, durch die gleichen Wanderbewegungen, durch die Rasse.«

Sie blickte ihm direkt in die Augen und wiederholte:

»Durch die Rasse.«

Jérôme zuckte nicht mit der Wimper.

Sie suchte seine Hand, die er ihr ohne es zu merken entzogen hatte:

»Sie werden mich für verrückt halten«, sagte sie in fröhlicherem Ton. »Ich komme zurück auf das, was ich

Ihnen vorher gesagt habe: Sie sind für mich das Abenteuer, und mein Mann ist die Sicherheit. Wenn Sie ein wenig darüber nachdenken, werden Sie begreifen, dass diese Sichtweise keineswegs im Widerspruch steht zu meinem Bild der heimlich gepflückten Frucht.«

Damit stand sie auf und wollte ins Hotel zurückkehren. Er erreichte nichts weiter an diesem Tag. Das Gespräch schmetterte ihn nieder, doch er hoffte noch immer, Zoya umzustimmen, weniger durch Argumente als durch den wiederholten Beweis seiner Besonnenheit und seiner Ergebenheit. Und so verbarg er die Wut, die in ihm aufstieg gegen diesen mittelmäßigen Ehemann, gegen diese Willenskraft, die, unbewusst und ohne Dazutun, stärker war als die seine, verbarg er den Wunsch, Sernitch auf einem noch zu bestimmenden Gebiet zu demütigen – verbarg er die ehrlichsten und die unehrlichsten Gefühle. Sernitch ließ sich täuschen und sang Zoya sogar ein Loblied auf Jérôme, wie Madame Barca mit einem Kichern berichtete, das bedeutete: »Bravo, Monsieur ist raffiniert.«

Doch obschon er sich dem Ehemann gegenüber in der Gewalt hatte, schien Jérôme Zoya für diese Anstrengung büßen lassen zu wollen. Er war in den folgenden Tagen so traurig und abwesend, dass sie beim Mittagessen, zwischen zwei Gerichten, an seinen Tisch ging und zu ihm sagte:

»Ich habe Ihnen nicht verboten, mich zu lieben.«

Am Nachmittag des gleichen Tages beschloss Jérôme, der seine Anwandlungen von Schwermut immer hasste, sich zu überwinden. Er stieg zu Fuß nach Monte Carlo hinunter. Ludovic hatte ihm empfohlen, der Zahnradbahn zu folgen. Das war der bequemste Weg. Doch er zog es vor, sich auf den Pfaden zu verirren, die auf der anderen Seite des steil abfallenden Felsens durch die Oliven- und Orangenhaine führten. In einem ruhigeren Moment hätte er sich erinnert, dass er diese ungewissen Wege in seiner Kinderphantasie begangen hatte, als er bei der Lektüre von Jules Vernes *Mathias Sandorf* dem Bankier Silas Thorontal folgte, nachdem dieser beim *Trente et Quarante* haushoch verloren hatte; er hätte jene seltsame Erregung gespürt, ein Vorzeichen für seine künftige Spielleidenschaft, die ihn beim bloßen Namen Monte Carlo erfasste. Er folgte dem Weg, freudlos, traumlos, und achtete beim Gehen auf die Steine. Die Kuppeln des Kasinos kamen ihm durch die Bäume hindurch entgegen, wie eine Kirche, die dem Pilger durch den Weizen hindurch erscheint. Doch seine Seele war leer oder plötzlich ohne jeden Glauben. Was ihn nicht daran hinderte, leichten Schrittes die Treppe zu dieser Kathedrale der Illusion hinaufzusteigen, nachdem er lang genug in der Stadt herumgeschlendert war und sich mit den Augen an den Rasenflächen und Schaufenstern gütlich getan hatte.

Er war oft hierhergekommen. Doch das Pittoreske der Spieler, der alten Damen, des buckeligen Lakaien, der einem auf der Toilette ein Handtuch reicht und natürlich ein Vermögen verdienen muss, des alten Croupiers, der am Sonntag freinimmt, um am Hochamt zu singen, des matt gewordenen Goldes und der glühenden Gesichter, das Brummen der gut geölten Maschine dieses Vergnügungstempels, die nur einen Tag im Jahr aussetzt, am Geburtstag des Prinzen, weil eine Delegation von Croupiers im Palast vorspricht, das Geheimnis, das man hinter den Kassen erahnt, und das die Phantasie überall auf der Welt übermäßig aufbauscht, die Deckengemälde mit nackten Frauen im Saal der Grazien, die gewisse Spaßvögel zum Spruch inspirieren: »Dort ist das Original«, wobei sie auf ein mit Gagat behangenes Wrack zeigen, das sein letztes Fünffrancstück setzt, die Betrügereien, die Paare, die sich leise beschimpfen oder sich gegenseitig beglückwünschen, die Garderobefrauen, die einen verachten, kurz, jener der ältesten, der faszinierendsten und der törichtsten menschlichen Leidenschaft vorbehaltene Archaismus – das alles berührte ihn nicht mehr. Oder vielleicht war er zu sehr damit infiziert, um zu bemerken, wie komisch und außergewöhnlich es war. Er begann sofort zu spielen, gleich am ersten Tisch, dem Tisch, der normalerweise vor allem jene Spieler anzieht, die, nachdem sie gewonnen haben, versuchen, in einem Bogen zum Ausgang zu gelangen, dem Ruf des Monsters jedoch nicht widerstehen können. Und außerdem spielte er wie ein Narr, zählte die Buchstaben des Namens Zoya, also vier, und setzte zehn Mal auf die Vier oder auf die Acht, weil Sernitch acht Buchstaben hat. Nachdem er genug verloren hatte, und ohne jedes Vergnügen verloren hatte (was für einen echten Spieler der Gipfel ist), schlenderte er durch die Spielsäle – die man schamhaft »Salons« nennt –, beugte sich über das *Trente et Quarante*, das er stupid fand, regte sich über den berühmten Schauspieler auf, der beim Bakkarat gewann und dabei Champagner trank und seine Nachbarn duzte. Als er sich dem letzten Roulettetisch näherte, begann sein Herz zu klopfen, denn er hatte eben Sernitch erkannt. Er mischte sich unter eine Gruppe hinter dem Croupier am Tischende und sah ihm bei der Arbeit zu. Denn Sernitch arbeitete tatsächlich: Das wäre auch dem größten Laien ins Auge gesprungen. Wie die meisten Spieler hatte er griffbereit einige Zettel neben sich liegen (waren es jene, die er an gewissen Abenden Zoya zeigte?), auf die er die Farbe schrieb, die gerade angesagt wurde. Er saß vor der Farbe Rot und spielte nur diese Kombination. Vier Mal hintereinander kam Schwarz. Sernitch zeigte nicht die leiseste Unruhe und erhöhte jedes Mal den Einsatz. Das Spiel macht uns alle zu Kindern, abergläubisch, führt uns unversehrt zu Gefühlen zurück, die normalerweise von der Vernunft gebändigt werden: Jérôme wünschte mit aller Kraft, dass Sernitch erneut verliere. Im gleichen Augenblick, da die Kugel in den Zylinder geworfen wurde, schob er einen 100-Francs-Jeton auf das Spielfeld und rief: »Die Elf!« Wie in einem Roman (wie manchmal auch in der Wirklichkeit) kam die Elf, eine schwarze Zahl. Da es ein Tisch mit kleinen Spielern war, blickten alle unfreundlich zu Jérôme hin, obschon man solche Szenen gewohnt war – alle außer einer Frau, die das klassische Lächeln aufsetzte, wenn auch ohne rechte Überzeugung, denn die schönen Zeiten des Netze-Auswerfens waren vorbei … Die kleinen Spieler, die oft stundenlang am Tisch sitzen, schätzen es nicht, wenn ein Passant sie um das »Banco solo« bringt oder zufällig die Zahlen trifft (obschon in diesem Fall nur das Kasino verliert, oder wenigsten ein paar Minuten lang so tut): Die kleinen Spieler sehen, abgesehen von einer glücklichen Fügung des Moments, eine vage Ungerechtigkeit darin. Wie die anderen, blickte auch Sernitch auf. Er lächelte und erhob sich sogleich. Er sprach Jérôme fröhlich im Berufsjargon an:

»Sieh an, sind Sie auch in der Fabrik angestellt?«

Gleichzeitig mit ihm war am anderen Tischende ein Mann aufgestanden und kam auf sie zu.

»Ah, da ist Kobedski«, sagte Sernitch lachend, »der mich daran erinnert, dass die Pflicht ruft.«

Er stellte die beiden Männer einander vor. Kobedski verbeugte sich tief und schlug mit der Höflichkeit eines Offiziers in Uniform die Absätze gegeneinander. Jérôme hatte ihn sich ganz anders vorgestellt, jünger, gefährlicher, siegreicher. Doch er war nur ein korrekter, schwarz gekleideter alter Mann, dessen üppige weiße Haarpracht, der letzte Überrest seiner Schönheit, gegen den Soldaten und eher für den Komponisten sprach, einen Paderewski-Imitator. Er sprach viel weniger als Sernitch, doch er tat es mit einer gezierten Sanftheit, wobei er unablässig umherblickte, als suchte er jemanden.

Er verneigte sich erneut:

»Verzeihung, Monsieur, aber ich muss Ihnen meinen Freund Volodia entführen.«

»Das stimmt«, sagte Sernitch. »Wir sind bei der fünften Runde Schwarz. Ich setze diesmal …«

»Hundertsechzig Francs«, vollendete Kobedski den Satz.

»Ich spiele noch diese Runde, und dann machen wir eine Pause. Monsieur Bourdaine, Sie begleiten mich bestimmt an die Bar, ich muss telefonieren.«

Er gab dem Croupier seinen Einsatz, ohne sich zu

setzen. Kobedski hatte wieder seinen Platz am anderen Ende des Tischs eingenommen, wie beim Präsentieren des Gewehrs. Rot wurde angesagt. Sernitch raffte sein Geld zusammen.

»Sie sind also ein Spieler«, sagte Jérôme mit liebenswürdiger Schonungslosigkeit zu ihm.

»Ich? Überhaupt nicht. Glauben Sie etwa, ich würde sonst so armselige Summen riskieren? Im Grunde bin ich nur hier, um meinen Lebensunterhalt zu verdienen ...«

Er verzog das Gesicht:

»Wer zuletzt lebt, lebt am besten, nicht wahr?«

Kobedski verbeugte sich, wie er es bei jedem Kalauer seines Partners tat.

»Wie Sie sich denken können«, fuhr Sernitch fort, »kann ich nicht arbeiten. In einem Büro arbeiten, meine ich, mit einer Schreibkraft, und wo ich eine Gewerbesteuer bezahle, eine Buchhaltung führe ... Die Gesetze sind hart für Leute wie mich, für jene, die man auf die Kunst des Tauschhandels reduziert, auf undurchsichtige Geschäfte mit Waren, die durch ihre Hände gehen, ohne dass sie sie je sehen, für jene, die unterschiedslos Jutesäcke und Küchenmesser verkaufen, jene, die das Gold scheffeln, die außerhalb der Börse mit übertriebenen Prämien ausländische Wertpapiere bezahlen. Sie ahnen bestimmt nicht, welche geheimen Kämpfe all die vermeintlich sorglosen Flaneure austragen, die an der Promenade des Anglais die Sonne zu genießen scheinen! Sie gehen natürlich Risiken ein. Und genau das missfällt mir, das Risiko. Ich bin ein ruhiger, ein zaghafter Mann. Sie wissen, wie das ist, mit der Angst vor der Polizei ... Ich habe mich für das Spiel entschieden. Das Spiel ist eine Tätigkeit, die den Müßiggängern noch erlaubt ist. Es ist auch ein Luxus. Es ist von allem umgeben, was ich liebe – Goldverzierungen und höfliche Angestellte, Lachen und Intrigen, dumpfe Wut und unbeschreibliche, große Triumphe. Ich möchte dem hinzufügen, dass meine Lage mir jedoch nicht das geringste Quäntchen Romantik erlaubt. Die Romantik ist das Verderben des Spielers, macht einen Dilettanten, einen guten Kasinokunden aus ihm. Bei extremen Verlusten oder übermäßig hohen Gewinnen verliert er jede Kontrolle; und dann ist es um ihn geschehen. Um zu gewinnen, muss man wenig wollen. Glauben Sie mir, ich spreche aus Erfahrung. Als wir an der Côte d'Azur ankamen und nicht wussten, wie unsere finanzielle Zukunft aussehen sollte, erinnerte ich mich an ein Roulette-Rezept, das mir einst ein Kellner in Saint-Jean-de-Luz gegeben hatte. Ich glaube nicht an Gewinnsysteme. Doch ich glaubte an die Logik meines Kellners, und ich hatte recht. Hören Sie zu. Sie spielen zu zweit. Sie setzen fünf Francs auf Rot und Ihr Partner fünf Francs auf

Schwarz. Nehmen wir an, Schwarz kommt. Ihr Partner hat fünf Francs gewonnen, Sie haben gleich viel verloren. Sie verdoppeln den Einsatz, Ihr Partner spielt weiterhin nur fünf Francs. Erneut kommt Schwarz. Der Gewinn des Partners: zehn Francs. Ihr Verlust: fünfzehn Francs. Sie verdoppeln wieder, setzen also zwanzig Francs. Endlich kommt Rot, Sie haben alle Ihre Einsätze plus fünf Francs gewonnen. Und Ihr Partner gewinnt auch fünf Francs. Wiederholen Sie das mehrere Stunden lang, und sie kommen auf den Tageslohn eines Bürovorstehers.«

Er tat, als würde er gähnen, und brach in Lachen aus:

»Bürovorsteher, das ist das richtige Wort, ich kenne keine langweiligere Arbeit ...«

Von der Spielleidenschaft erfasst, wandte Jérôme ein:

»Aber wenn Schwarz lange nicht kommt?«

»Wenn Sie mit fünf Francs beginnen, haben Sie zwölf Runden, um das Maximum zu erreichen. Ich habe nie erlebt, dass der Zufall diese Spanne überschreitet.«

Damit führte er Jérôme zur Telefonkabine. Bevor sie dort ankamen, blieb er stehen:

»Aber da fällt mir ein, dass ich gar nicht zu telefonieren brauche. Ich wollte mit Zoya sprechen. Sie können ihr genauso gut etwas ausrichten. Sagen Sie ihr, dass ich heute Abend hier esse und erst morgen wieder nach La Turbie komme.«

Sie verließen gemeinsam das Kasino. Vor dem schönsten, dem unschuldigsten Massiv der Welt (oder dem außergewöhnlichsten in diesem Jahr der Tragödien, der Gräber ohne jeden Blumenschmuck) saßen alte Männer, die auf die Treppe dieser Hochburg des Spiels starrten, als suchten sie auf den Gesichtern derer, die herauskamen, ein Zeichen von Verzweiflung oder Niedergeschlagenheit, ein Zeichen, das sie vage für ihr vergangenes Unglück rächen würde. Dieser Ort ist eine einmalige Drehscheibe des Misstrauens und der Spionage der Leidenschaften, doch jeder vermag es wunderbarerweise zu verbergen, und es muss einer schon versiert sein, um hinter der Fassade etwas anderes als einen Ausdruck von gewinnender Geselligkeit, eine gleichmütige, zurückhaltende Sorglosigkeit zu erkennen. Kein Blick wankt, kein Atemzug zaudert: Man kommt mit der Haltung einer geläuterten Seele heraus, wie nach der Frühmesse. Sernitch machte sich über diese gekünstelte Gelassenheit lustig, und Jérôme entdeckte unwillig, dass er ein scharfer Beobachter und beinahe unterhaltsam war. Doch absichtlich ungerecht, beschloss er, sein Rivale habe dennoch das Mundwerk eines Handelsreisenden. Und als Sernitch auf eine leere Bank zeigte, lehnte er ab. Fehlte nur noch, dass der Ehemann ihm sein Herz ausschüttete und zum Beispiel über seine Frau sprach. Er nahm die Abfahrtszeit des Busses zum Vorwand, um ihn allein zu lassen. Einen Moment lang hielt ihn Sernitch am Arm zurück und forderte ihn auf, den Kopf zu heben:

»Sehen Sie nur unser Hotel und unser Minarett. Sie enthalten unser letztes Gut des freien Menschen …«

Jérôme wandte sich ab, er spürte, wie er errötete, als er an Zoya dachte. Doch Sernitch fuhr schon fort:

»Unser letztes Gut: die Einsamkeit.«

Bourdaine war vergnügt, als er zu diesem Zufluchtsort zurückfuhr, dessen Preis er besser zu kennen glaubte als Sernitch. Vielleicht stellte er sich vor, romantisch, ein wenig naiv auch, seine Entdeckung würde Zoya beeindrucken, sie wäre überrascht zu erfahren, worin die Tätigkeit ihres Ehemannes bestand. Doch je näher er kam, desto klarer musste er sich eingestehen, dass Zoya unmöglich nicht im Bild sein konnte. Und seine Freude war dahin. Sie war so gründlich dahin, dass er seine Geliebte mit einem beinahe bitteren, höhnischen Lachen ansprach:

»Das ist also Ihre famose Sicherheit?«, sagte er zu ihr. »Sie sind so weit, dass Sie sich mit dem mageren Ertrag eines Gewinnsystems begnügen, das kaum eines Rentners würdig ist, der seine Zigarren verdienen will …«

Sie blickte ihn kalt an:

»Nein, nicht die Zigarren, Jérôme, sondern das Essen, das Zimmer, und an manchen Tagen sogar die Seidenstrümpfe ...«

Bourdaines ganze zornige Erregung legte sich mit einem Schlag, als hätte er plötzlich das Gefühl, er würde sie nie überzeugen, nie ändern können, sie würde immer eine Frau des Exils bleiben – der die Trostlosigkeit ihres möblierten Zimmers gleichgültig war, solange sie ihre Parfums, ihren Platz im Theater und ihre »Seidenstrümpfe« hatte. Doch sogar noch so, nachlässig aus Unglück, Vergnügen oder Gewohnheit, sogar noch so, als Frau des Exils, liebte er sie, und seine Entschlossenheit, sie wegzubringen, blieb fest. Er wechselte die Taktik und begann ihr sanft und treuherzig zuzureden.

»Ich habe Ihnen gestern gesagt, ich hätte keine Familie mehr. Ich habe Sie ein wenig belogen. Ich habe irgendwo Onkel und Tanten, die langsam verzweifeln, weil ich immer noch ledig bin. Sie erwarten mich, mit Traditionen und einem Keller voll Holz, sie erwarten Sie, um Ihnen am Tisch den Ehrenplatz zu geben, um vor ihnen rührende Photoalben durchzublättern, Ihnen ihr Konfitürenrezept anzuvertrauen, Sie in jenes unerträgliche Geheimnis einzuschließen, mit dem sich jede auf ihre Erhaltung bedachte Sippe umgibt, und das so behaglich, so wunderbar ist, wenn man es verloren hat.

Ich weiß schon jetzt, Zoya, dass Sie rasch ihre Vertraute wären, dass man mir zu meiner Wahl gratulieren und noch mein mürrischster Onkel zu mir sagen würde: ›Mein Junge, du hast dieses Glück gar nicht verdient!‹ Was ich Ihnen anbiete …«

»Was Sie mir anbieten? Gestern war es das Abenteuer; was ist es heute? … Dass Sie sich einen Stammbaum, Verwandte und Besitztum erfinden, ändert nichts an der Wirklichkeit, die ich bin. Sie werden mich nicht verändern. Unnötig, nach Argumenten zu suchen, zum Beispiel zu sagen, man könne die Pflanzen der warmen Länder mühelos in den kalten Ländern heimisch machen. Genug der Worte. Oder dann sollen es wirklich poetische Worte sein, Worte, die einen im geeigneten Moment den Kopf verlieren lassen … Verschwenden wir nicht die Zeit, die wir haben, uns zu lieben, die Zeit, welche die Polizei, die Pläne des Generalstabs oder Ihre und meine Laune uns lassen, uns zu lieben. Doch zum letzten Mal, kommen wir zur Sache.«

Sie blickte ihm in die Augen.

»Ja, mein Mann spielt. Ich weiß es, da er für mich spielt. Stört Sie das auf moralischer Ebene?«

»Nein. Zumindest glaube ich es nicht«, sagte er, ganz aus der Fassung gebracht.

Er war schon bereit, sie für unmenschlich zu halten. Er hatte noch im Ohr, was sie eben gesagt hatte: »Im geeigneten Moment den Kopf verlieren ...« War nicht sie es, die den schönsten, den freiesten Instinkten die Poesie nahm, sie, die sich weigerte, den wunderbaren Geschwindigkeitsverlust der Intelligenz und der Logik mit dem Zeitlichen, dem Exakten zu verbinden?

Er wirkte wie ein Schiff, dessen Leinen losgerissen waren, und sie lächelte:

»Wir wollen uns nicht bei Ihrer unentschlossenen Antwort aufhalten. Ich gebe gerne zu, dass Sie über jenen Vorurteilen stehen, denen zufolge dieser oder jener Beruf als adelig oder nichtadelig gilt. Ich habe Ihnen gesagt, dass mein Mann mir Sicherheit verschafft. Jetzt wissen Sie auch wie. Und dennoch nehme ich nicht zurück, was ich gesagt habe. Vergessen Sie, aus welcher Welt von Renten und Prämienanleihen Sie kommen, denn Sie haben eine Frau vor sich, die ihre Vergangenheit verloren hat und nichts über ihre Zukunft weiß.«

»Auch ich weiß nichts über die meine.«

»Oh, Jérôme, ich bitte Sie! Sie zählen doch darauf, dass Ihnen das Frankreich von morgen, selbst wenn Sie ruiniert sind, Ihre Verwandten und deren Konfitürenrezepte lässt, dass die Morgenröte noch das bekannte Rot und der Hügel die vertraute Form aus der Kindheit haben wird, ob das nun wahrscheinlich ist oder nicht. Aber ich – und viele andere, die für die Sparkasse nicht existieren –, ich, welche die Bankangestellten nicht grüßen, wenn sie einen Scheck einlösen, weil man am Schalter nur die Tresorinhaber grüßt? Wie jene Menschen mit einem unklaren Personenstand, habe ich nur eine Gegenwart. Ja, ich gebe zu, es ist nur eine Gegenwart von zweihundert Francs pro Tag. Doch was bedeutet das schon. Glauben Sie nicht, ich sei zynisch, Jérôme. Ich besitze lediglich die wunderbare Gabe, das Leben meines Herzens vom Leben schlechthin zu trennen ... Sie haben im Kasino bestimmt Kobedski kennengelernt, den Partner meines Mannes?«

Er nickte.

»Nun, auch ich bin Sernitchs Partnerin. Er ist mir Sicherheit genug. Und Sie ...«

Plötzlich gab sie der Zärtlichkeit nach:

»Sie sind mir genug Abenteuer.«

Es gelang ihm nicht, sie umzustimmen, obschon er ihr vorhielt, sie sei übertrieben bürgerlich, schlimmer – mit ihrem Bild der zweihundert Francs pro Tag – als die kleinen Kaufleute, die jeden Abend immer wieder ihre Einnahmen zählen. Sie antwortete: »Ich bin glücklich so.« Oder: »Das Unglück dieser Zeit erlaubt mir nicht, ein anderes Glück zu kennen, ein anderes Glück zu suchen.« Und sie fügte ernst hinzu: »Nicht einmal, es anzunehmen, wenn es sich mir darbietet, dieses Glück, denn es passt nicht zu derjenigen, die ich geworden bin inmitten der Hetzjagd meiner Existenz.«

Während des Abendessens, das sie gemeinsam einnahmen, da sie Sernitchs Rückkehr nicht zu befürchten hatten, sprachen sie wenig. Diese verdoppelte Einsamkeit, welche die lächelnden Barcas, stumme Musiker der Verfehlung, verschwörerisch mit leisen Schritten durchquerten, verstärkte ihr seltsames Unbehagen. Sie hatten Angst vor ihrer Freiheit einer Nacht. Jérôme fühlte sich zudem den Tränen nahe. Um darüber zu weinen, sich daran zu erinnern und später darüber zu weinen, achtete er auf die geringste Geste seiner Freundin, als sähe er sie zum letzten Mal: ihre Art, das Brot zu zerkrümeln, die Gabel zu halten, die Früchte zu befühlen, bevor sie hineinbiss. Nie würde es ihm gelingen, Zoya zu überzeugen, er wusste es, und diese Ohnmacht ließ sein Herz bluten. Schon andere Frauen hatten sich früher geweigert, ihm zu folgen, doch zum ersten Mal litt er wirklich wegen einer Zurückweisung, suchte er nicht instinktiv Trost im Hochgefühl seiner wiedergewonnenen Freiheit, in der Hoffnung auf eine vollkommenere Begegnung – die schon am nächsten Tag möglich war. Seine so neue, so große, so wunderbar ungeschickte Liebe machte ihn abergläubisch, wie einen Mann aus der Urzeit, der nicht weiß, ob auf die einbrechende Nacht ein Morgen, ob Licht folgen wird. Seine tief verwurzelte Spielleidenschaft begünstigte den Aberglauben. Zoya (er hatte es gesagt, er glaubte es) war seine

Chance. Die letzte Chance des Absoluten, die er verpassen würde.

Zoya ging früher als gewöhnlich in ihr Zimmer hinauf. Es gab keine stummen Gebete zu den Sternen auf der Terrasse, keine gefühlvollen Seufzer, die sie an den vergangenen Abenden einander näher gebracht hatten. Doch sie verließ Jérôme mit einem Adieu, das keines war. Ein Adieu, das an den kleinen Satz vom Morgen erinnerte: »Ich habe Ihnen nicht verboten, mich zu lieben.« Jérôme wunderte sich nicht über diesen Mangel an Schamgefühl. Auch er träumte seit einer Stunde von der Tür am Ende des Korridors, »die diesmal nicht abgeschlossen sein wird«, dachte er. Doch es widerstrebte ihm zu wissen, wie ihr Abenteuer, ihr Aufenthalt im Land der Abwesenheit enden würde, mit welchen süßlichen Banalitäten, mit welchen Gesten. Als er allein war, begann er auf der Terrasse auf und ab zu gehen. Er wurde zum Hüter dieser sinnlichen Nacht, zum Hüter aller Geheimnisse von Menschen, Insekten und Blättern, die im Netz der Nacht gefangen waren, und somit zum Hüter des nächstliegenden und natürlicherweise interessantesten Geheimnisses: desjenigen, das ihm der Liebestrank Zoya bereithielt. Armer Tristan, der nicht mehr aus dem falschen Gefäß trinken wollte. Armer Tristan, der auf dem Oberdeck seines hohen Felsens hin und her ging und sich am liebsten die Ohren zuhalten, wie tot in einen Schlaf sinken würde, welcher ihn vor den glorreichen Abnutzungen der Lust schützte. Nein, er würde nicht zu Zoya gehen. Er stellte sich vor, wie sie sich zurechtmachte, sich in die weite Gaze ihrer Parfums drapierte, ihre Spiegel befragte oder sie verhüllte, die Bänder eines Nachthemds glatt strich. Jede Vorkehrung, jede Steigerung ihrer Schönheit wurde jetzt zu einer unausweichlichen Verminderung ihrer beider Liebe.

Er überlegte, dass er trinken müsste, um angenehme Bilder heraufzubeschwören, schützend und rein wie Hände, um zu träumen und auch um die Sinne zu beruhigen. Er ging in den Speisesaal, rief nach Ludovic und wählte auf der Liste der Champagner eine edle Flasche aus (mit dem Jahrgang, der zum Beispiel am besten einem Glück entsprechen konnte, das ihn von Zoya entfernte: einem Jahrgang Rachel, welche die Liebe liebte, oder einem Jahrgang Suzanne, welche die Freuden des Geistes vorzog). Er leerte das erste Glas ohne Vergnügen, ohne Durst, allzu bewusst. Das zweite Glas rief in ihm jenes angenehme Geräusch von Schlüsseln hervor, ähnlich dem Geräusch von Kieseln, die durch die Wellen an den Strand gespült werden. Ozean, Champagnerschaum, sagt Lautréamont … Das dritte Glas ließ unter den maurischen Spitzbögen ein unauffälliges Orchester auftauchen, das sich unablässig einspielte und einen Zusammenklang suchte auf Noten, die nur einen Missklang ergaben. Das vierte Glas brachte jedoch Harmonie unter diese geträumten Musiker, und mit einem Schlag wurde es hell im Saal. Danach lag auf allem – den Tischen, den Teppichen, und sogar auf dem Gesicht von Ludovic, der regungslos vor Jérôme stand – eine Art sonderbare Erwartung. Als würde dieser Moment auf einem Bein stehen, wie die Flamingos. Dann war plötzlich das ganze Hotel bevölkert. Keine Tür, kein Fenster hatte sich geöffnet, und trotzdem war jeder Stuhl, jeder Sessel, jeder Tisch besetzt. Jérôme überblickte nur den Speisesaal und die Halle; dennoch war er sicher, dass das ganze Hotel voll war, dass diskrete Zimmermädchen auf jedem Bett die Ballrobe von Madame, die gestärkte Hemdbrust von Monsieur ausgebreitet hatten. Er hörte aufdringliches Gemurmel, das Rascheln von Seide, Verwünschungen gegen die Kragenknöpfe, die wie Flöhe aus den Fingern springen. Dieser Abend war ein Abend der Freude. Die Schatten waren zurückgekehrt.

Als er sein fünftes Glas geleert hatte, forderte Jérôme, Ludovics Ablehnung vom ersten Tag vergessend, den Hotelier auf, ebenfalls ein Glas zu trinken, und diesmal setzte er sich über seine eisige Entrüstung hinweg. Er nötigte ihn anzunehmen und erinnerte ihn daran, dass er den Cognac von Lord Alberton auch nicht verschmäht hatte. Er würde es nicht ertragen, wenn man ihn, den Franzosen, weniger gut behandelte als einen Ausländer …

Dann pflanzte er sich vor Barca auf und fragte ganz leise und vertraulich:

»Sind alle Ihre Leute da, Ludovic?«

Ludovic lächelte nicht einmal:

»Von wem sprechen Monsieur?«

»Von Ihren Gästen natürlich«, antwortete Jérôme und runzelte die Stirn. »Von denen, die vielleicht jede Nacht kommen, ohne dass Sie es wissen, und die Ihre Teppiche abnutzen, während Sie die Ratten beschuldigen, die Ihre Scheiben einschlagen, während Sie den Wind dafür verantwortlich machen. Sie müssen wissen, mein lieber Ludovic, dass die Phantome nicht immer so diskret sind, wie man es uns weismachen möchte. Die Kinder können ein Lied davon singen …«

Barca blieb unerschütterlich:

»Die Kinder, Monsieur?«

»Ja, genau, die Kinder. Nicht immer sind sie es, welche die Weingläser auf das Tischtuch ausleeren, die Federn der mechanischen Spielzeuge kaputt machen, den Hund an den Haaren ziehen. Oder wenn sie die Übeltat scheinbar auch begangen haben, so ist doch häufig der böse Wille eines Phantoms mit im Spiel, der ihre Hand führte.«

»Oh, gewiss, Monsieur«, sagte Ludovic.

Doch gleichzeitig dachte er: »Es wäre mir lieber, wenn der junge Trunkenbold diese Spintisierereien nicht vor der Kellnerin anstellen würde. Sie zerschlägt ohnehin schon Geschirr genug. Wenn sie als Ausrede auch noch die Phantome bemüht ...«

Jérôme setzte sich wieder und blickte um sich:

»Ich habe Sie gefragt, ob alle Gäste da seien.«

Er zeigte diskret auf die Nebentische:

»Madame Gordon-Bennett ist jedenfalls schon angekommen.«

Die echte Madame Gordon-Bennett, sei sie lebendig oder tot, möge Jérôme seine Respektlosigkeit verzeihen. Er sah seine Nachbarin, sah sie leibhaftig, wie sie mit einem Fächer aus Seide und Perlmutt wedelte, der die Lichter der Kronleuchter einfing. Sie war eine uralte Dame, ganz im Stil Königinmutter von England, mit einem weißen Samthalsband, auf dem sich wie eine Blume eine Kamee öffnete, eine historische natürlich – sie hatte (je nach der Richtung, die Jérômes Unterbewusstsein einschlug) einmal Madame du Barry und einmal Madame Récamier gehört. In Wirklichkeit glich Madame Gordon-Bennett jenen Spielerinnen aus einer anderen Zeit, die Bourdaine am Nachmittag in den Salons von Monte Carlo gestreift hatte. Kaum dass der Traum ihr mehr Erhabenheit verlieh, weniger Angst und Strenge in ihren Blick legte, weniger Zurückhaltung und Ergebenheit in ihre Art, ein Glas zu halten oder dem imaginären Hotelpagen, der gleich vor ihr auftauchen würde, Anordnungen zu geben.

Der Erfolg seines ersten Blicks auf die irreale Welt machte Jérôme kühner. Er platzierte an jeden Tisch Schatten. Man sah, wie Lord Alberton sich schwerfällig setzte, wie Monsieur Blanc – schwungvoll, leichtfüßig, lächelnd und in seiner Höflichkeit vielleicht dämonisch – vorbeiglitt, wie Offiziere, steif wie Korsettstäbe, sich zu einem Walzer drehten. Niemand fehlte bei diesem Stelldichein der schönsten Erinnerungen. Die Versammlung war so elegant und gleichzeitig so »unter sich«, dass Bourdaine, ihr Schöpfer, sich inmitten seiner Kreaturen etwas verloren zu fühlen begann. Er hatte keinen Platz in ihren Klatsch- und Skandalgeschichten. Er schien dies alles zu betrachten wie ein Bettler, der durch den Lichtschacht in eine Restaurantküche späht. Da ließ sein Traum, um ihm die Befangenheit zu nehmen, am anderen Ende des Speisesaals eine Frau auftauchen, die genauso verloren schien wie er. Das Wogen des Walzers drang nicht bis zu dieser Fremden vor, deren Gesicht durch die Bewegungen der Tanzenden hindurch schlecht zu erkennen war. Sie war ausgeschlossen, sowohl vom Vergnügen als auch von der Musik. Ihre Hände, die sich rasch bewegten, deuteten darauf hin, dass sie aß, um zu essen. Rührung überkam Jérôme. Er wollte schon aufstehen und zur Unbekannten hinübergehen, als die Unbekannte ihren Tisch verließ. Da erkannte er sie. Es war Zoya. Oder vielmehr ihre Doppelgängerin. Zoya, die wie alle anderen von Redfern eingekleidet war und aussah, als hätte sie sich für einen Maskenball verkleidet, eine Rekonstruktion der Zeit um die Jahrhundertwende. Ihr Haar war zu einem Knoten zusammengebunden. Sie trug ein langes, unglaublich kompliziertes, mit Spitzen besetztes Kleid und ein Oberteil mit Lochstickereien. Sie bahnte sich einen Weg durch die Gruppen, ohne zu lächeln, ohne jemanden zu erkennen – weniger lebendig als all die Toten. Doch so begehrenswert plötzlich, dass die ganzen Vorsätze, die Jérôme gefasst hatte, verflogen. Er folgte ihr. Als er stolperte, fing Ludovic ihn auf, und mit einem vielsagenden Ausdruck, der in einem so unverhofften Moment des Überschwangs niederträchtig, ja beinahe frevelhaft wirkte, flüsterte er ihm zu:

»Ich wünsche Monsieur eine glückliche Nacht.«

Dann stand Jérôme auf der Treppe. Zoyas Geist war vorausgegangen. Im Korridor angelangt, schwankte er zwischen den Kindheitserinnerungen und dem männlichen Verlangen, einen Körper unter den Händen zu spüren, und blieb vor ihrer Tür stehen. Doch nicht lange. Der Mann siegte über das Kind. Wie vorausgesehen, war Zoyas Tür nicht abgeschlossen. Er trat leise ein, und Zoya, die am Fenster saß, drehte sich um und lächelte. Jérôme schwebte zwischen Traum und Wirklichkeit. Er näherte sich dieser Frau, die einem Phantom, die allen Phantomen eines Abends Zuflucht bot, und begann, die Bewegungen auszuführen, die für die einsamen Paare so selbstverständlich, so real sind.

Dennoch wollte er ehrlich sein, als er zu ihr sagte:

»Ich bin nicht ganz im Leben, wissen Sie.«

Tatsächlich verwechselte er alles. Seine Finger verfingen sich in Zoyas Wollkleid und gleichzeitig in dem Spitzengewebe, mit dem er ihr Bild geschmückt hatte. Diese etwas peinliche, etwas obszöne Vorstellung von Spitzen verfolgte ihn – wie die Radierungen in gewissen verbotenen Büchern, die man heimlich durchblättert. »Doch schließlich sind alle Körper gleich, nachdem die Spitzen gefallen sind«, sagte er sich. »Dann gibt es keine zeitgebundene Schönheit mehr …«

»Nicht ganz im Leben, wissen Sie«, wiederholte er zwischen zwei Küssen.

Mit ihrer Hand, die wie eine Form für Liebkosungen sein Kinn umschloss, schob sie sein Gesicht von sich weg. Sie betrachtete ihn einige Sekunden wortlos, als wollte sie diese Züge, die sie vor Glück zittern ließen, deutlicher erkennen. Dann murmelte sie:

»Sind Sie wenigstens bei mir?«

Er sah sie seinerseits forschend an und sagte tiefernst:

»Sind Sie denn das Leben?«

Sie erblickte in diesen Worten nur zärtliche Absichten, und sie ließ sich fallen. In ihrer leidenschaftlichen Hingabe merkte sie nicht einmal, dass er ihr keinen Namen gab, dass er in den Pausen, wenn ihre Körper zur Ruhe kamen, nicht ihre gemeinsamen Erinnerungen, ihre Wörter heraufbeschwor. Es war eine merkwürdige Nacht, die beiden tief im Gedächtnis haften blieb, wenn auch nicht aus den gleichen Gründen. Sie erinnerte sich wegen des wundervollen, nie gekannten, immer wieder neuen Rauschs daran. Und er, weil er während Stunden eine Frau in den Armen gehalten hatte, die weder einen Namen noch eine Gegenwart besaß, die ihn mit nichts verband. Als ob sein Traum des Betrunkenen sich in seinen Dienst gestellt, seinen Selbsterhaltungstrieb geweckt hätte; als ob sich dieser raffinierte Traum jeden Lustschrei, den sie ausstieß und der dem Schrei aller Frauen glich, zunutze machte, um ihn derjenigen zu entreißen, die ihm nicht inniger, absoluter hatte gehören wollen.

Am Morgen, während Zoya noch in der bezaubernden Pose eines galanten Gemäldes schlief, kehrte er in sein Zimmer zurück, packte den Koffer und ging in die Hotelhalle hinunter. Trübsinnig fegte Ludovic seine noch etwas mehr abgetretenen Teppiche, klebte blaues Papier auf die vom nächtlichen Sturm noch etwas mehr zerbrochenen Scheiben. Wortlos reichte er Jérôme die Rechnung, begleitete ihn zur Tür. Er öffnete sie, und die frühlingshafte Morgenluft vertrieb die letzten Spuren der wenigen Schatten, die noch in Jérômes Kopf zurückgeblieben waren. Ludovic verbeugte sich und murmelte leise, mit trauriger Stimme:

»Ich hatte Monsieur gewarnt. Man amüsiert sich nicht mehr hier …«

Und Jérôme hatte Lust, Barca zu antworten:

»Es ist noch schlimmer, als Sie meinen, mein armer Ludovic. Ich glaube nicht, dass es auf der Welt einen einzigen Ort gibt, wo man sich noch zu amüsieren versteht, zu amüsieren wagt.«

Doch er begnügte sich damit, ihm auf die Schulter zu klopfen:

»Sagen Sie Madame Sernitch …«

Der alte Mann lächelte:

»Ich werde Madame Sernitch sagen, Monsieur sei zu seiner schwer kranken Mutter gerufen worden.«

1942